山月照

葛芳 著

中国言实出版社

图书在版编目(CIP)数据

山月照 / 葛芳著 . -- 北京 : 中国言实出版社，

2024. 6. -- ISBN 978-7-5171-4825-8

Ⅰ . I247.5

中国国家版本馆 CIP 数据核字第 20240ZQ124 号

山月照

责任编辑：王建玲
责任校对：史会美
封面插图：蒋博宇

出版发行：中国言实出版社
　　　　　地　址：北京市朝阳区北苑路180号加利大厦5号楼105室
　　　　　邮　编：100101
　　　　　编辑部：北京市海淀区花园北路35号院9号楼302室
　　　　　邮　编：100088
　　　　　电　话：010-64924853（总编室）　010-64924716（发行部）
　　　　　网　址：www.zgyscbs.cn　电子邮箱：zgyscbs@263.net

经　　销：新华书店
印　　刷：徐州绪权印刷有限公司
版　　次：2024年6月第1版　　2024年6月第1次印刷
规　　格：880毫米×1230毫米　1/32　8.5印张
字　　数：150千字

定　　价：62.00元
书　　号：ISBN 978-7-5171-4825-8

葛芳，中国作家协会会员，江苏省作协签约作家。曾获第四届紫金山文学奖和第五届冰心散文奖。出版散文集《南极之南，远方之远》《漫游者的边境》，小说集《白色之城》《给孤岛的羊毛裙》等。

目　录
CONTENTS

卷一

六如偈

1

司文育喝了一碗张师傅烧的肠肺汤后，浑身来了精神，嗓子不禁亮开来。摆足势头，正想开唱的时候，对面的格子窗开了，司文育看见陈家洛缩头缩脑往外探了两眼，他赶紧将身子往后一闪，藏在墙后。

一会儿，陈家洛身后走出一个女人，司文育眼尖，一下子就认出是他的徒弟桂月。

她怎么会在那里？大白天的，晌午，俩人能做什么呢？司文育暗自发笑：陈家洛的云川旧书店角角落落全是灰，说不定还会爬出一两条蛀虫，白白嫩嫩，吓得桂月惊跳起来。一个书蠹头，连挑个地方也不会，四十多岁还是老童子一个，委实枉活了——

"我有点渴。"桂月在发嗲。虽然隔了一个戏台，司文育还是能偷听到他们的言语。

"我泡壶碧螺春，喝完茶，我们去——"后面的声音很微弱，也有可能被陈家洛吃进了肚里，俩人在吃吃地笑，司文育听了倒像有一百只虱子在内衣里乱窜。

他自己在抓心挠肝，对面二人却正正经经落座，喝茶，谈笑，不觉店里来了客人。

司文育的评弹书院白天并无多少人迹，要等到太阳偏西，才陆陆续续客人不断，有时他会亲自上阵，穿好长衫，戴上眼镜，小三弦一拨，就唱开了。

女徒弟桂月，平时总是急急忙忙从评弹团赶过来，也顾不上给先生小孩做晚饭，便手忙脚乱化妆，拿琵琶上场，唱一些听不厌的名段如《钗头凤》《宝玉夜探》《庵堂认母》。司文育晓得她，她是一半看在铜钿面儿上，一半是真喜欢唱评弹，有时一唱唱到夜里十点，苦的是小孩，没有娘管教督促。

司文育想到自己的儿子司斌，不由得唉声叹气，好好的，非要在手臂上刺青，跟着一帮小混子给镇西的万隆赌场看场子。怪他司文育自己，那个时候评弹团改制，他一看在团里待着没有希望了，便狠狠心辞了职，和一些人到外地走穴，乡镇茶馆嬉笑一片，乡下人只爱听黄段子，司文育插科打诨，十八般武艺都拿上来了。赚了一些钱，回来开书院，才发现小孩的学业荒掉了，不仅这样，性情也变得蛮横、古怪、浪里浪气。司文育劝过他几次，叫他回来在书院倒茶斟水，洒扫一番，这样文文气气过日子，岂不更好？

司斌脖子梗到一边，司文育拿他一点办法也没有。他老婆天生乐天派，啥事也不管，天塌下来似乎也能当被盖。

傍晚开唱前，桂月回来了，换了一件藕荷色旗袍，粉施得有点重。她照例和司文育打了个招呼，就去里间做准备。脸上藏着些什么，但好像也宣泄着什么，眼梢里恨恨的——

俩人喝完茶去了哪里——书店门上了锁，日光晃晃的，像只银盘，还下了几滴太阳雨。司文育嫌雨下得不密，雨如果像珠子般连缀滚落下来才好呢！他点了支檀香，思索着俩人去了哪里，好像是陈家洛故意逗着他玩似的，单单吃下个地名，好让他猜去。

也有人好奇，时不时向他询问："怎么对面云川书店的陈老板还是光棍一条？会不会有暗疾？"

他哂然一笑，也不能说坏了别人："暗疾没有，倒是有三分寿。"

"寿"是吴方言，痴头怪脑的意思，外地人听不懂，还需要他再解释一番，他来劲了，说："有一次，陈家洛到我书院听评弹，看见女演员长得漂亮，眼乌珠差点掉在地上。听就听了，他还非要不停往前挤，想看得再仔细些，结果，把我书院的玻璃桌撑坏了。"

众人笑得前仰后合，说书人一开口就是不一样。还有人添油加醋，再描述一遍，一时，他的书院满是男人狭促的嬉笑声。司文育不说话了，他一抬眼皮看见上好锁的云川书店在月光下黑漆漆、乌洞洞的，像个幽怨的女子，很不满地瞅着他。

说到底，陈家洛比他司文育出身好，他出生于没落书香世家，太爷是同玄镇上的举人老爷。陈家洛的毛病，全痴在书上。

司文育搬了张椅子，坐在河岸边，跷起二郎腿，剥石榴吃。

正是薄暮时分，同玄镇热闹起来。

斜斜的光辉照在两排香樟树上，成千上万只麻雀叽叽喳喳，吵得沸反盈天。还有很多鸟，从远方飞来，以迅即的态势冲刺，迫不及待要在香樟树上落脚。司文育仰着头，有眼花缭乱之感，一天的生活就要结束，又似乎才刚刚开始。

2

三天后，司文育又去喝肠肺汤。张师傅的肠肺汤，是同玄镇上的一绝。作料仅用盐和味精，一点也不花哨，烧出的汤色纯味鲜，老主顾是一拨儿又一拨儿，吃了还想吃。

司文育撞上了汪道士。汪道士脚穿云袜十方鞋，身上不伦不类地套了件青黑色 T 恤。他一进门就嚷，额上两眉之间的肉瘤抖了几下，司文育知道他有话讲，急忙喝了几口汤洗耳恭听。

汪道士却如司文育说评话一样卖起了关子，不紧不慢端上一碗肠肺汤，哑摸得有滋有味。

"这臭道士！"司文育心里嘀咕道，"还真把自己当回事，谁不知道当年游手好闲，跟在他老爹屁股后面念经磕头，专门到白事人家混饭吃？真是风水轮流转，混混吃吃，吹吹打打，念念经，几十年一过竟也混得人模狗样。"

司文育递上一根烟，马屁还得拍好，现在他可是镇里的红人。近年来，求签占卜者趋之若鹜，做生意的，想发财；甚至有些为寒窗苦读学子奔波的母亲都求到汪道士。一句话，他是红得发紫，就连他住持的镇南九仙观也修缮一新，香火旺盛。

汪道士剔牙，露出泛黄的牙渍，老烟枪都是这模样。

他侧身问司文育："你啊晓得陈家洛带女人出去是同房不同床？"

一只苍蝇飞过来，想在汤碗边站住脚。司文育猛地挥手过去，差点打到汪道士的肉瘤，那是他法师的象征，碰不得。

司文育想，哪个女人呀——莫非是桂月？

汪道士指了指张师傅院墙角落里的芭蕉，芭蕉上承着一串晶莹的水滴，司文育不解其意，倒看见青空中飞着一只鹞鹰。他想汪道士真是玄之又玄，有话就摊开来讲好了。

"桂月男人一直在外面跑生意，她成了干柴一块——你做师傅的不是最清楚吗？"汪道士压低声响，吭哧吭哧笑起来。

苍蝇一不小心失足跌进了司文育的肠肺汤里，黑白相间，格外鲜明。司文育什么表情也没有，把汤碗推开，任苍蝇挣扎。

"——他们去了哪里同房？"

"不晓得。"

汪道士恢复了一点二十年前的痞性，眼神吊梢像被屋梁上的椽子牵着一般："她只是等，干等，那位仁兄悠闲自在地坐着不肯有动作，说了半夜废话，到了天明俩人都觉得没有什么意思了。桂月怨恨，名声被他带出去坏了，索性就趁此描描黑。"

司文育沙糠喉咙吐出一口痰，这次喝肠肺汤的感觉和上一次相比，差了一截。和尚道士最势利，他现在也成了一条狗，跟着这道士一起势利——汪道士存心在说坏陈家洛。这点拐弯抹角的恩怨司文育最清楚，当年汪道士好吃懒做的时候，陈家洛花三百元钱，从他手上换得一本他老爹珍藏的明刻本《老子道德经古本集注》。如今，这古书的价钱飙升直上，市场价两万元。汪道士眼睁睁看着自家的宝贝在他人处闪光，出家人又不能巧取豪夺，也不方便到处宣讲，倒成了心病，隔三岔五地想上一回，觉得很对不起老爹。

汪道士也是个色鬼，喜欢点评女人，同玄镇最肥的女人，最苗条的女人，脸蛋最俏的女人，嘴巴最甜的女人，最会喝酒的女人，床上功夫最厉害的女人，他似乎都能说出个道道。镇南九仙观人来客去，既是道场，也是小镇故事的传播地。

"她成了干柴一块——你做师傅的不是最清楚吗？"汪

道士这个赤佬，话里有话，他司文育当然听得不舒服。什么意思？好像他司文育也得了便宜。女徒弟就是女徒弟，跟他唱了二十年，就像自家人，他偶尔也会搭着她丰腴的手臂，喊唱几声。

评弹团越来越不景气，这倒是真的。这么好的演员不好好珍惜，实在是作孽。有个性的人早早跳槽，凭嘴上功夫去当司仪，公司开业小型演出啦，有人家做寿啦，结婚啦，都用得着。桂月这个年纪不尴不尬，说不上事业发展，只求保住饭碗，再挣点外快。

司文育想起当年在和平书场听金声伯说大书的场面那才叫过瘾。一天说一回，最起码要说上半个月才算了结。走廊里、院子里站得水泄不通，他也是竖起耳朵听得起劲。《武松·快活林》噱头十足，真是快活逍遥啊！

天快要下雨了，窗外的芭蕉叶静静地垂着头，一动也不动。

桂月早走了，天气不好，也没有什么客人。只有一对大学生模样的情侣，叫了杯绿茶。素素淡淡的夜气，像菊花失了魂一样开得没滋没味。司文育拿起小三弦，独自唱了曲《林冲夜奔》，算是免费，赏给这对小情侣听。

真下雨了，淅淅沥沥，司文育还没走。他不想走，眼睛看着对面的格子窗。

3

桂月住的双眉弄在同玄镇也算是一个景点。

双眉弄也称姐妹巷，是从嘉庆年间保留下来的。据说
王老板的太爷爷是个有情有义的阔佬，娶了姐妹俩，所以
特地设计了一条幽深曲折的弄堂，两房各在左右。二女同
侍一夫，姐妹又情深，所以随老爷高兴，愿意上哪一房就
上哪一房，并无芥蒂。甚至听到老爷微醺的脚步声以及对
面房内的嬉笑声，独守孤灯的一房也不生闷气，依然和和
气气，真正是好。

双眉弄的隔壁是一条更为幽深逼仄的弄堂，叫穿心弄，
窄得只能一个人侧身而过。游客多特意到穿心弄走一走，
拍张照片做个留念。

再说王老板老祖宗的产业到他手上时，已少了三分之
二，他做陶瓷生意，经常要去宜兴、湖州等地。王老板是
一个髭须全无、下巴如鹅卵石般光滑的男人，一点也没有
他太爷爷当年的雄性，连说话也有点女气。他喜欢听昆曲，
偶尔唱上一段《游园惊梦》，尖细嗓音如丝竹咿咿呀呀，逢
这个时候，桂月就要双脚跳，无可奈何地从双眉弄这头晃
到那头，再从穿心弄那头荡到这头。

　　王老板最近诸事不顺，装了一车货，好好行进着，高速上莫名其妙蹿出一只野猫，他方向盘一打滑，好了，车子撞到防护栏上，陶瓷品刹那间呼啦啦成了碎片。他额头磕在挡风玻璃上，还算好，只是一些皮外伤。

　　高速上怎么会有野猫呢？下车一看，猫被他的车轮碾得五脏六腑全都出来了，五颜六色竟似浓油赤酱，着实可怕恶心。尤其是猫的眼珠暴突，像要向他索命一样，吓得一向胆小的王老板嗷嗷急叫。

　　王老板受不起惊吓，回到家就躺倒在床上病了，前思后想，总觉得有邪气缠绕在身。

　　怎么办呢？桂月也头痛，理不出头绪，只记得她想喝碗肠肺汤，就莲花一样飘到张师傅店里。她到张师傅窗下的盆里掐了几根葱，又绕着八仙桌转了一圈，恰巧看见汪道士，她对他合掌，汪道士却单掌弯腰，说了声"无量天尊"。

　　桂月绿豆色裤子紧绕着屁股，像要一锤子坐到地上的样子。

　　"今晚去唱曲子吗？"汪道士问。

　　桂月气喘喘地说："不了，夜里出来怕遇上狐狸精，晚上睡在床上也还会怕，把头钻到被窝里也不顶用。"

　　肠肺汤店里的四五个男人笑了，其中一个指着汪道士对桂月说："狐狸精怕什么，汪道士最会驱鬼，你何不请他效劳？"

　　桂月默笑，并不接话。她端了一碗肠肺汤出门，风摆柳一样走在街上，她的身材骄人得很，生了孩子还照样风光，为此镇上的闲人专门编了几句顺口溜：

　　　　螳螂屁股蜜蜂腰，

　　　　胭脂面粉一天要搽好几遍，

　　　　高跟皮鞋脚上套，

　　　　走一步还要绕几绕。

　　只可惜那书蠹虫不领情，桂月真正头痛的是这个。她记得那天自己脸上画得十分入时，水盈盈的眼睛，顾盼中流着风情。她拢了拢眼前的刘海，袅娜地走到陈家洛身边。他看见她颈背上的绒毛，像碧螺春刚刚生出的嫩芽，在雾里轻轻摇摆着。他定了下神，回转过来沏茶。

　　桂月说："你给我开讲一下《道德经》吧！"

　　桂月嘴里含着的香气几乎喷到陈家洛的脸上，他笑了，哼哼两声，自然不会说——跷起二郎腿，眼神飘飘忽忽看着桂月，他没喝酒，但似乎在借着酒力，手臂环绕过去，刚好搭得着，摸到了桂月的腰。

"要死了——"桂月扭捏着笑骂道，"没想到，你这个人也是五颜六——"

陈家洛大笑，如同林冲面对苍茫大雪很夸张地笑了，她居然用评弹的缩脚韵来评说他。于是渐渐大胆起来，想摸她的胸，被她一把推倒在椅子上。

"哑！还真来劲了！当老娘什么人了——"

俩人撩拨得很是火候，真刀实枪即将要开战了，陈家洛却突然冷却下来，将碧螺春茶泡了又泡，正襟危坐，开讲《道德经》。他说老子骑着青牛在山谷间转悠，忽然明白有一个浑然一体的东西，先天地而存在，就像太阳月亮一样。月映千江，月照万山，月上中天……天涯与共，周而复始。陈家洛讲着讲着就刹不住车了，眼神、手势、语言组合在一起，形成了另外一个气场。

桂月十分后悔自己提到《道德经》，又奈何不了他滔滔不绝的演说，只能耐着性子静听，听到后来，只觉嗡嗡嘤嘤，似有几十只苍蝇在打旋，围着旅馆里鹅黄色的壁灯乱转。眼涩、耳乏、唇干的她，伏在靠垫上竟睡了过去，等到早上醒来，发现裤袜都紧贴着自己的身体，上面还盖着一条暖烘烘的蚕丝被。陈家洛坐在另一张床上，目光清亮，冲她微微一笑。

桂月恨死他了！气咻咻地收拾好自己的东西，也没说话，一溜烟跑了出去。雾气蒙蒙，很快将她的刘海濡湿了。她越跑节奏越快，像一只惊慌失措的鸭子，被主人追赶着，然后扑通一声出其不意地往河里一跳。

4

夕阳橘红色一团，斜射着古戏台柱子。外地游客一到这儿，就会兴奋，拿出相机狂拍——那飞檐翘角、空空落落的舞台仍然很有感觉。出将，入相。

"门帘一掀，"司文育对他的客人说，"会出来娇滴滴的小姐莺莺，也可能是满脸酒气的武松。瞧那对联写得多有意思：顷刻间千秋事业，方寸地万里江山。"

话一出口，司文育瞬间有了物是人非的恍惚感。

古戏台左面是陈家洛的云川书店，右面是司文育的评弹书院。同玄镇一些上了年纪的人会私下谈论，说一到夜间，戏台就有股阴气流动——连吹在身上的风也阴惨惨的。当初，领导为打造千年古镇同玄镇，把原本在运河边上的古戏台搬到胭脂街，说这里资源集中，好开发。

领导一声令下，三百多年的古戏台就挪了地方。

唯独陈家洛拍手叫好，司文育觉得他真是拎不清。领导提出胭脂街作为景点单独收门票，五十元一张——司文育急得双脚跳，普通百姓谁还会来听评弹？谁还会来吃张师傅的肠肺汤？谁还会来胭脂街装裱书画？跨一道门槛就得交五十元门票钱，谁吃得消？陈家洛偏偏还在叫好，司文育怀疑他脑子进了水。为了生意，司文育联合其他商家告到省里，才把收门票一事给扛住了。

司文育心里放不下这古戏台。月亮在乌青色的天空化成一道细细的眉毛后，他托了几样供品和一只香炉，弯腰到戏台底下摆放起来。全鸡、全鸭、一盘水果、三炷清香、两根蜡烛，又找来一个蒲垫，双膝跪下，连磕三个响头。

这古戏台原来都有土地公公、土地娘娘罩着，怎么能随随便便把它们移来移去呢？不是司文育要吓唬陈家洛，他真看见七月半夜里，有白影子在戏台上闪过，好像还披着一袭蓬松黑发，等到他回过神来，只见古戏台一片灰白色，浮满了水雾，湿气一阵阵飘上来，黏到他的眼镜片上。蜡烛烧剩半寸长，闪着淡蓝色的火焰。

陈家洛倒是百无禁忌的模样，月上柳梢时，书店门早就当啷上了锁。他住在双眉弄对面的鱼行街，旧式小阁楼，司文育去过一次，木楼梯走起来咯吱咯吱响，河边阿婆刷马桶的声响能听得一清二楚。

陈家洛和司文育的关系很微妙，忽近忽远。兴致来了，会拿上几瓶花雕酒切半斤牛肉，喝得脸红脖子粗称兄道弟。可多数时候是不热络的，他们隔着戏台冷眼瞅对方，格子窗朦朦胧胧，男人女人的影子能隐约分辨。

这几天同玄镇的雨总是不断，看天边黑沉沉的，又像要挂下来的样子。

陈家洛夹了一只皮包急匆匆回家，包里有他新搜集来的清刻本《牡丹亭还魂记》。走到距鱼行街不远的转角处，突然冒出来两个壮汉，看不清样子，他们竟拔出拳头劈头盖脸向陈家洛猛打，并不是醉汉撒泼——这一点陈家洛还是能辨别得出，陈家洛的皮包被他们拽掉了，扔在树下。他捂着脸求饶，俩壮汉也不看他皮包，眼神瞄都不瞄，只是对着陈家洛的屁股、胸膛狠踢，也不放话，七八分钟以后，扬长而去。只剩可怜的陈家洛摸着肿胀的腮帮子，一瘸一拐往前走。

刚踏进家门，雨点子就噼里啪啦紧跟着来了。陈家洛漱了漱口，吐出来一摊血水——他肯定得罪了谁，那人明摆着是要收拾他！陈家洛戚戚然横躺在床上，琢磨了半天也没有得出个究竟，不晓得自己得罪了谁，或者是稀里糊涂被人错打了一顿。

唉！肩胛骨、肋骨、屁股、大腿，随便哪一处都在隐隐作痛，他蜷缩着，只求睡个囫囵觉，可哪做得到！

陈家洛探不出原因，就觉得心慌，又不便跟人多讲，犹豫了几次，走到司文育的评弹书院。两人拔了根烟，正寒暄时，只见司斌冲到店里，也不多说话，翻开抽屉就找钞票。司文育拍他头颈，他回过头来，呼吸声轰轰响。陈家洛见他满头是汗，断定不会有什么好消息，果真，憋了几分钟，他对司文育开口："爸，我把小丽的肚子弄大了，要上医院，她爸还揪着我的衣领说，要我赔青春损失费。"

"才多大呀你！"司文育热血直冲脑门，"十八岁的小童鸡，你竟去搞大人家女孩的肚子？你本事大了！"

小赤佬还嘴硬："这真叫'一不小心'，哪晓得她老头子还这样强劲！"

司文育跨出大门，随手拿了只烟灰缸往他身上用力一砸，使劲喊道："滚！滚！你给我滚出去！"

司斌跑了，溜得比兔子还快。

陈家洛坐着也全无滋味，把烟灰弹掉，出门。

街灯泛出淡紫的光辉，一只麻雀在地面上跳跃。青灰色的雾一团一团，夹着些桂花的香气，从戏台边流过来。

5

寒流忽然到了同玄镇，才近黄昏天色已经暗沉。青石板条上几只野狗蜷着身子走路。卖海棠糕的、梅花糕的、臭豆腐的，却是热闹起来，一盏灯前忙碌着一个师傅，吃客不少。

桂月打来电话向司文育请假，说团里要到上海演出，半个多月，要师傅另外找个搭档，别误了生意。司文育急得团团转，像只专门追逐自己尾巴的野猫，一下子还真没了个主意。倒是对门的陈家洛，晓得事情原委后，联系了一番，第二天就把一个专唱丽调的妙龄女子请了来。

女子叫萧岚，功底不错，一曲《杜十娘沉箱》将唯利是图的猥琐男人骂了个痛快。她柳眉倒竖，兰花指微翘，博了个满堂彩。看来客人是喜新厌旧的，司文育舒了口气，对陈家洛也敬重了几分，发誓从此再不在背后说他任何闲话。

萧岚气色沉静，不似她的年龄。名字也起得好，有可能是高人所赐。她懂古琴茶道，白天在一家茶室兼职。陈家洛认识她是因为她买了他的古书，他只收了她二折的钱。陈家洛就是这样，一碰到知音，会头脑发热，将书连送带卖给别人，买的人自然对他也留了好印象。

萧岚寡言少语，客人点了曲子，她便落落大方地弹起琵琶，嗓音清亮婉转，如黄莺出谷。唱完，她背上双肩包，有时到陈家洛书店坐上一刻钟，而陈家洛像是特地为她守着，凄凄寒寒没有一个客人，他也待到夜里十点多钟。俩人出屋，青石板高高低低落下他们的皮鞋声。萧岚住在同玄镇北的舅奶奶四阿婆家。

搞不清了，司文育摇摇头，从胭脂街到镇北足足要走半小时哩！

寒意越来越浓，司文育打了个喷嚏，心想，陈家洛也真是个多情公子，对女人有十足的耐心，只是不晓得事情的收场为何往往是竹篮打水一场空？

胭脂巷地面黏黏湿湿，微微泛着污水光，踩在上面有点滑。有一户人家的公鸡，竟不分黑夜白昼催叫起来，一声长一声短。

司文育想起了桂月，前一阵忙着小赤佬的事情，晕头转向，也没有偷眼瞧徒弟，他仍然在揣摩那句话的含义——"同房不同床"，什么意思呢？两人亲热了，但没有好；或者止于最后一步，隔纱观景；又或者是陈家洛双手推开，只需臆想就够了。司文育看见他俩脸红耳热说话的样子，看见他俩轻悄悄地将枕头锁扣上，他差点问出来："你们要去哪里？"

陈家洛倒像是个没事的人了。额头上新添了一处疤痕，他对人只含糊解释，说头撞到水缸上——缸破了，水也流了，他的额头也挂彩了。旁人只笑他戆。最近书店生意不是太好，房租也快交不出，他转念把收藏的《老子道德经古本集注》在网上拍卖掉，垫了一年的亏空，略有盈余，又欢喜了。

瑞兽香炉青烟缭绕，这香原是陈家洛到苏州寒山寺请来的，由僧人按照一定的药方研制而成，闻着不仅心域开阔，对身体也有一定疗效。他特地赠了一小盒给司文育。

萧岚唱完评弹去了云川书店，司文育跟脚过去。

"抚一曲吧。"陈家洛对背着古琴的萧岚含笑说道。

萧岚也憨笑，喝了一开茶后，就拨弄起《渔樵问答》。陈家洛细细一听，果真，弦声袅袅，轻微深远，和青烟相合，大有远离尘俗的雅意。

"琵琶有红尘俗相，古琴却是清和条畅，萧岚能奏出这等沉稳之气，可见是有一定功力了。"陈家洛放下茶杯，缓缓说了一句。

两人相视而笑，春风一般和煦。把一旁的司文育听得竟接不上一句话，只是暗自惊诧眼前这两位的交谈。

萧岚又说："这古琴史上，陶渊明才好玩呢，他总是醉眼蒙眬，虚按无弦琴。有一次，夜幕降临，他和朋友在庭院梧桐树下对坐，兴致甚佳，便抚摸着伴随他多年质地优良的无弦琴，对朋友说：'今夜风清月朗，我为你弹奏一曲。'然后煞有介事地摆弄一番。朋友大惑不解，陶潜就说：'但识琴中趣，何劳弦上声？'"

司文育听出些意思，微微颔首点头。

闲聊中才得知，萧岚是福建人，特别喜欢传统文化，所以来到江南同玄镇。当时和她一起过来的还有一个师弟叫君华，司文育猜想有可能是她男朋友。

司文育点了支烟。司斌一周没有回家，司文育晓得他老婆给小赤佬塞了一万元钱，慈母多败儿啊！

6

桂月从上海回来时乘着一辆黑得锃亮的高级轿车。人从车上下来，还没来得及站稳，汽车喷了几口尾气，"唰"地消失了。

她脸上没有一点血色，白惨惨的。人也提不起精神，有心事的样子，司文育只怕她家里有什么短缺，小心翼翼问她情况，她并不说话，几秒钟工夫就走了神。

莫非是她家王老板赌瘾犯了？小麻将一晚也会输上个三四千元，天天这样，谁吃得消？司文育看着徒弟犯愁，一时也有点郁闷，毕竟口传心授，师徒感情还是挺深的。他想，如果她提出来，他定会帮助她应急，只是千万别气坏了身子。

那一晚桂月唱得有气无力，不少客人临走时向司文育挤眼睛。连续几日听了萧岚的唱腔，竟感觉桂月的声音像一碗混浊的隔夜茶，暗红里渗着烂绿霉色。

桂月自己也清楚状况，眼泪簌簌掉下来。司文育慌了，让她坐下喝茶，问她，只说身体不太舒服。司文育说："明日你就继续休息吧，这里不打紧，有人可以顶的。"

桂月欲言又止，司文育从抽屉里拿了五千元给她，她急忙推辞，司文育说："哎呀，你还当不当我是你师傅？你的心事我一眼就能看清的。"她推得更厉害了，眼泪、鼻涕一堆，一点没有往日的伶俐清秀。

既不要钱，又止不住哭，司文育真正没了主意。桂月哭够了，也甚觉不好意思，头发蓬乱了，眼泡肿了，不明白的人走过还以为是司文育欺负她。她细长的手指撩起发丝往耳朵后一卡，神思恍惚，往古戏台边晃过去。

桂月虚移脚步，免不了偷眼看云川书店的情况。那里黑漆漆一片，料是早就锁门走人了。听说，陈家洛无故挨了一顿打，额头上落了疤痕——她心头一紧，怕是被那个人听去了什么风声，又不好明问。只恨这书蠹虫心思阴晴不定，结果反遭了辱笑。正转念想着是是非非，腹部传来一股钻心绞痛，桂月撑着墙壁，冷汗直冒，这一阵子总是这样，莫非她也同王老板一样，夫妻双双中邪了？

光阴一转，不觉已到了农历十二月初一，还没到过年时节，同玄镇已是一片喜庆，街头巷尾张灯结彩，全挂起了红灯笼。卖牛肉的、高粱酒的、花生瓜子的、麦芽糖的……也都在铺架上扎起了暗红色绸面布条。原来是同玄镇有钱有势极具威望的徐总的母亲八十岁高寿，徐总请了全镇六十岁以上的老人都来喝寿酒。

寿酒铺子从张师傅的肠肺汤店一直排到司文育的书院前。临时搭建的木屋，却也显得精致，灯笼、红烛、对联、熏香、圆桌一样不缺。老人们早早修好了面，换上干净衣裳，拜过老寿星，坐在木屋里喝茶聊家常。很久没有

·山·月·照·

这样的感觉了，最好再来一段评书，《三国演义》《水浒传》《岳飞传》，都可。

司文育一睁开眼睛就忙开了，徐总让汪道士捎来话，请司文育好好拿出些经典段子。

司文育一接到话就犯愁，搭档叫谁呢？萧岚年纪太小，怕见不起大场面，更何况一些老面孔是听惯了桂月唱的，怕换了心里不舒服。他六神无主，挂钟当当当敲了几下，时候不早了，他这个做师傅的也只能涎着脸去请求桂月。

桂月没有上班，歪睡在床上，面孔还是无一点颜色。果然，一听司文育的来意，婉言推托，说身体还未恢复，实在打不起精神。

"桂月，师傅我何尝不知道你身体亏着呢！可这一次，是咱们的大财神点兵点将，总要捧这个场啊！就算是帮师傅一个大忙了，我心里千万记着呢！"

一提这个，桂月的泪水就滑了下来，拼命摇着头，死活不肯答应。隐约之间，司文育猜得了桂月身体不适和妇科有关，那面相、那气色，像霜打过的茄子。

他叹了口气，转身，加紧步伐找萧岚去了。

司文育和萧岚一跨进徐总家的庭院，就看见寿堂正中挂着金色"寿"字，两边挂着寿联"福如东海大，寿比南山高"——也是懂行人写的书法，学的是董其昌。

徐总并不在，说是有重要的会议要开。汪道士做主持人，他肥厚的手掌握住司文育的手，重重晃了晃，郑重其事地把司文育介绍给客人，说司文育是评弹名家——徐总特地邀请，诸位今晚可是享耳福了！

萧岚抱着琵琶，像冬天里的一团白雪，晶莹、干净，大家都有这样的感觉。听她嗓音，又有种白雪在阳光下化开，叮叮咚咚流到小溪的感觉，那种清脆和舒服相，真是难得。

他们唱了《白蛇传》"赏中秋"一段。

司文育含情脉脉，萧岚面露羞怯，娇滴滴应和。收尾时一个唱"但愿月长明，人长寿"，另一个唱"松长青，但愿千秋百岁常相亲"。

满座人鼓掌，马老太太开心得像小孩一样手舞足蹈，一定要送给萧岚一块黑玉蝉。黑玉蝉戴在萧岚白皙的颈脖上，十分相配。

司文育颔首的瞬间，瞧见坐在里屋的汪道士，他血气旺盛，着青灰色唐装一件，被六七个来宾簇拥着，低头向他请教有关风水、八字等问题。他咋咋呼呼，只是起身和别人敬酒。汪道士喝酒，是同玄镇出了名气的，脖子一仰，二两白酒下肚。据说，酒喝得多的时候，汪道士能将酒精从手指尖处慢慢逼出来。

同玄镇的人见识过他这一绝招，他们也相信汪道士在多数情况下是喝不倒的。

<h2 style="text-align:center">7</h2>

桂月连续三天水米不进，腹痛，下身大量出血。

王老板是一个削肩佝背的人，戴着厚得起了几个圈子的近视眼镜。原本自己也病得歪歪唧唧，如今看见桂月血光冲天的模样，吓得连拨镇医院急诊室电话。

桂月被从手术室推出时，面如白纸，只觉下体被千刀万剐过一般，火烧火燎地痛。双眼仿佛涂了层胶水，根本睁不开。她听见王老板锁紧了喉结在叹气："唉！宫外孕，竟然到输卵管里妊娠了，结果大量出血，医生说，幸亏抢救得及时，否则命就没了。"

桂月恨不得买一块豆腐撞死算了。那个人作践她的时候，要换各种姿势，仅上半年她就去流产过三次，这次好了，跑到输卵管中。那几天她身上滴滴答答，总是不干净，那人却不相信，非要把她接进星级酒店，模糊月色垂着杨柳，她哭哭笑笑，现在好了——

　　桂月痛苦地咬住了下唇，眉头拧成一团，师傅司文育也站在边上，更加不好声张，只能轻微地嘘了几声，假装迷迷糊糊睡着。

　　她隐约听见走廊里两个男人的对话：

　　"不是我咒她，这次宫外孕她如果一脚去了，也就省了我这么多麻烦。"

　　"哦。"司文育木木地接了句。

　　"那根本就不是我给她的种，我和医生对过日子了。宫外孕？怎样才会得宫外孕？司老板，我翻开医书，差点要撞墙——不节制频繁地做人工流产，会导致子宫内创伤，才会得这种劳什子病！"

　　"平时我想跟她房事，她一直推托，说身上来潮不干净，老是滴滴答答——他妈的，她就背着我——"男人气得回不过神来。

　　医院走廊里的钟健朗朗地猛敲了四下：当——当——当——当——

　　"你知道那男人是谁吗？"男人嘘了一口气，轻声问。

　　司文育头摇得像拨浪鼓："我也正想问你呢。"

　　"你总比我心里有数。她——是你——徒弟，多数时候在你那里——唱的。"

"哟！"司文育咳嗽了一声，沙糠喉咙凝结了重重一口痰，说，"自己女人自己当心哪，我做师傅的哪能事事过问？"

男人龇牙咧嘴，抬高了声响，冒出与他平时不相配的粗话："他妈的——让我知道是哪个鸟人——我挖了他祖上的坟，让他八辈子不得心安……"

他骂骂咧咧，隔了五分钟，又呜咽起来。窗外吹来一股风，风里有桂花浓郁的甜香味，很快，吞没了男人的抽噎声，一直飘到桂月的鼻子底下。

桂月想着自己的小孩，五年级了，书读得一塌糊涂，每次老师电话她，她心里就发毛。有一次，老师的话说得很直接，说："你们爷娘怎么当的？一点也不上心。这孩子一直在班上拖后腿，以后只好读读评弹学校学门技术。"

老师话中带刺，严格说来，是夹枪带棒。桂月不好接话，拉着脸，拎着孩子回去臭骂一通，孩子回了两句，她索性拿起扫帚柄敲打孩子屁股，孩子躲在墙角哇哇大哭，眼泪鼻涕一团糟。

王老板恼了，从房间冲出来，病歪歪地冲桂月吐口水。

桂月万箭穿心，下身腹痛一阵紧似一阵，事情就这么来了，以为能蒙混过关，万万没想到是宫外孕。

那个人曾给她许下什么诺言，什么花好月圆，什么良辰美景，全都是戏文里唱的，假的！

桂月觉得自己好傻，好像被那人下了迷魂药，被灌得服服帖帖，他手指一勾，她就去了，他脸色一沉，她就走了。唉，最终吃苦头的是自己，而且，有苦道不出……

夜晚，陈家洛去庵桥走走。云丝不动的夜空作为背景，把庵桥衬得像是一张黑白底片亮出影像。

从黑黑长长的巷子里出来，陈家洛倒是越看越起劲，参差错落的飞檐、饱经沧桑的青瓦、挂满藤蔓的白墙……这是他从小长大的地方，江南味十足。庵桥桥身很高，三分之一嵌入了北岸民居之中，单孔石拱桥桥洞极高极弯，与水中倒影连成了一个大大的圆圈。

上次路过此处他特地和萧岚介绍，古时这庵桥上装有木桥门，一到天黑就关闭大门，这七里河成了护镇河，防盗防贼。桥门正对着骑跨山墙的过街楼，更夫住在那里。有人喊一声开门，他就居高临下瞭望一番然后开门放行。

"好玩！"萧岚拍手笑着说，"如果再回到从前，多好！"

陈家洛含笑看了她一眼。

他们俩有一搭没一搭地说话，快到萧岚舅奶奶四阿婆家时，影影绰绰中，还听得见收音机里传出评弹声。《玉蜻蜓》里庵堂相会的一段，母子泣涕涟涟。

8

露水好大。

司文育醒来的时候，才凌晨五点多，却怎么也睡不着了，脑子里还有晕沉感。他在院子里转了几圈，桂花、菊花、木芙蓉开得很精神。月亮很白，细细弯弯的，挂在西南角。

"今朝初一。"司文育念叨起来，忽然手脚有点慌，初一月半他都会到古戏台下焚香跪拜，今天差点错过。幸好书院里有现成的水果等斋品。司文育头磕一下，就清醒一层。磕完三个响头，竟汗出如浆，酒意全消了——古戏台上闪过的黑发蓬松、拖曳着水袖的白影子莫非是他的徒弟桂月？

以前总听老人说，这同玄镇女鬼多，但不怕！什么无头鬼啦，穿着清朝服装的寡妇啊，她们都会在青石板上穿街而过——镇上的祠堂多，祖宗多，她们闷了也是要出来走走，散散心的，但不会伤及子孙。

他司文育遇到的女鬼真真实实，越真实越吓人。

桂月到底和谁好上了，还被作践得差点丢了性命？他猜不出——这个男人如今弃她不顾，她只好独自饮泣。司文育听说王老板去请九仙观的汪道士算命，汪道士拗不过，说只算一卦，算眼前的事，结果一个字："离！"不仅如此，他还说了一句吓人的话："桂月颧骨偏高、两鬓稍窄、嘴唇薄，这种面相的人只会享夫，不能帮夫，弄到最后还会克夫。"

汪道士是个直性子，说话并不太隐晦，也不知道忌口。听说有一次，汪道士和徐总一同听评弹，无意间发现徐总眉心冒出一粒红痣，他当众嬉笑道："你个赤佬，最近肯定有女人围着你转——"徐总听罢脸色立即暗沉，不悦之情表露出来。

幸好徐总大人有雅量，不与他计较，事后照旧玩笑。桂月是徐总最关注的女演员，他就是个长辈，对评弹人才呵护备至，他摸她的头，拉她的手，满脸含笑，问长问短，谁也不觉得有什么暧昧不妥之处。

桂月原先也是孤僻之人，一般富家子弟调笑她都不接腔。初见徐总时，她客客气气，立起，道了个福，继而手执琵琶抑扬顿挫地弹起来。第二次、第三次，徐总过来，家长里短，嘘寒问暖，她也随和起来。后来有几次徐总专车过来接她去市里给大老板开唱——司文育事后才闻之，不免心里有股酸腐气，但想想徒弟能出秀，师傅脸上也会贴金，也就睁只眼闭只眼，只当不清楚这回事。

桂月有一个专用的透明白瓷茶杯，开唱之前，必定先泡一杯观音王，慢慢闻，轻轻喝，即使来迟了，规矩也不变，仿佛观音王一润喉咙，就空谷出幽兰了。现在，白瓷杯倒扣着，落了层灰，司文育拿起它来，只看见茶盘里清清楚楚留下个干净的圆印子。

天色全部放亮了。

司文育听见街上传来踢踢踏踏的脚步声，接着是自行车轱辘轧着青石板发出的咔嗒咔嗒响声。摆早摊的出来了。"荷叶包死人"——这是同玄镇上最有特色的早点，一层薄薄的面皮包着裹酱的油条，味道好得很，偏偏又是落了这样个名称，所以更加引人注意。司文育嚼着油条随意溜达时，看见了桂月。

桂月的鞋尖上绣着一株花，是桂花。

桂月的衣领上也绣着一株花，还是桂花。

桂月的这身穿着是登台演唱时才需要的，如今，她靠着墙角，像一株快要萎谢的桂花，藏在山野阴湿处歪歪斜斜地露出笑容。

她说："师傅——我想回来唱，你还——收不收？"没等司文育回音，她努力挺直身板往前跨，不料一个趔趄，人栽在司文育怀里，晕了过去。

桂月在医院里注射了两瓶葡萄糖水才渐渐苏醒过来，医生说她身体真是亏得厉害。

桂月对着雪白墙壁，默想了半天。"师傅——师傅——"她低低弱弱地叫。

"唉——"司文育应。

"师傅——你不会嫌弃我吧？"桂月泪珠双流。

"你想到哪里去了！"他搓手。

"师傅——我人脏了——嗓子没脏！……"桂月抽噎着，逼出一句狠话。说完用被子蒙住了脸，只看见身体躲在下面颤颤抖抖，自我羞辱着。

"桂月，咱师徒一场，我巴不得你留下来呢！快别瞎想，你好好将息着，养好身体，师傅等你来唱。"他说的句句是真心话。

桂月这才定心，把脸别了过去，小睡会儿。

司文育离开医院，走在青石板上，莫名涌起一种故人之悲。他并不是特别多愁善感的人，社会上的江湖气他也有办法，该吃吃，该喝喝，面对三教九流，他都拿得出办法。司斌这浑小子搞大女孩肚子的事情他也调解好了，赔钱赔礼，权当自己今年撞了个霉运。

桂月心思太缜密，他不晓得她在哪里栽了跟斗，这跟斗跌得狠，差点连命也搭上了。司文育抬一下眼，只见脱了漆的老式塞板门暗沉沉的，在寒风中耷拉着脸。

9

汪道士越来越吃香了，徐总母亲寿酒上宴请的人，现在都发展成汪道士的客人了，而且地盘扩展得越来越大，镇上做生意的大老板也都慕名来请，他们相信汪道士，认为他的预测占卜能力是无人能及的。

外头有传言说，汪道士会五雷正法，呼风唤雨、降妖伏魔，都不在话下。三茅峰上经常有仙鹤飞过，那便是汪道士的法力所为。现在都成一个景点了，叫茅峰招鹤。

这说明什么？九仙观是真正得道成仙的好地方！

司文育笑笑，没有辩解的必要。几次来，都没撞见汪道士，只听扫地的小道士说大清早就被梅里镇的黄董事长接去了。九仙观在半山腰，山气雾气缭绕在一起，很有朦胧之意。司文育拾级而上，倒没有了离开的念头。一个人，歇歇爬爬，沿途看见香椿树叶红得像催人迷醉的葡萄酒色，他深吸了一口气。不觉，来到了三茅峰。

他站在三茅峰上，放眼远眺，感觉身体变得很轻，云好像在他脚下了，这儿真是好地方。四方树林笼着青烟，风一吹过，夹杂着雾气的雨滴偶尔落到面颊上。长期在这儿居住，心宽，意淡，人也会特别长寿的。

司文育想起小时候，他和汪道士一起站在庵桥上"择冬瓜"，也就是光着屁股跳到运河里游泳。汪道士小名叫二狗，大狗夭折了，二狗就格外稀奇。二狗从桥上开始下坠时，莫名其妙慌了，一偏，头撞到了树根，幸亏司文育水性好，一把摸起了昏厥的二狗，光着屁股奔跑着送到村里的赤脚医生处。

二狗说："你是我好弟兄。以后我喝汤你就能喝汤，我吃肉你也能吃肉。"

司文育站在三茅峰上听鸟雀叫得很勤，吸了下鼻子。好久没有和陈家洛喝茶聊天，倒有几分牵记，他想不如邀陈家洛上山一游，在山岚中走一回，人就像洗过一样，特别神清气爽。

可惜，陈家洛不在同玄镇，他去了宣城，他去寻访李白的敬亭山。司文育不晓得他是否带了萧岚同去，也不便多问，只猜测同样是在访山，可能也有类似的人生感受。

果然，陈家洛在手机里说："敬亭山有一座弘愿寺，雨幕中有少有的清静。它是唐式寺庙建筑群，恢宏大气。寺庙檐角的铜铃在风中冷冷作响，十分空灵澄澈。"

司文育问："还见到什么了？"

陈家洛说："有一二僧人，雨丝中来，清瘦，双手合十，口念阿弥陀佛。"

司文育内心涌过一股清冷的泉水之味，洁净中有些甜。也挺奇怪，两个男人，在两座山上，交流着一些内心的东西，仿佛有点奢侈。他猜萧岚是同去了。萧岚说她四阿婆这两天吃斋念佛，她也陪着，晚上就不过来唱了。

三茅峰的地势西北高、东南低，有一条河常年绕着三茅峰流转，有村民经常驾着小船捕鱼。鳑鲏鱼、鲫鱼、鳊鱼，能捕几篓子。司文育是贪吃鱼鲜的人，宁可三日无肉，不可一顿无鱼，因此，常有爱听评弹段子的村民带了鱼前往书院，宾主皆欢。

几日后，司文育在路上碰到了败家子司斌，见他耷拉着脑袋，像荷叶底下盖着个冬瓜。司斌见到父亲，侧过身子想逃，偏偏被司文育一把抓住了。司文育没好气地数落他："瞧瞧，什么模样？就没东西让你去学啦？"

司斌说："还真是——不如去赌场有劲。"司文育挥起手掌想劈下去，但想想又算了，大街上，犯不着这样穷凶极恶，转念一想，索性拉着司斌到了陈家洛的旧书店。

萧岚也在。小姑娘越发显得标致了，白嫩嫩的脸蛋上如涂了一层胭脂，司文育知道，那是自然泛红，想必是宣城的山气雾气滋养了她。

果然，司斌在萧岚面前，规规矩矩，大气也不敢出。其实萧岚也就大了司斌两岁，但感觉是隔了好几层，一个有学养有灵气，一个是冥顽不化的泥石。可司斌毕竟也是从评弹世家走出来的，耳濡目染一些文人情致，所以在萧岚弹奏《关山月》古琴曲时，他凝神屏息，双眼紧紧盯着萧岚的纤纤玉手。

陈家洛的头发梳得很精神，三七开，发梢上好像还滴着水，可能浸着宣城的气息。他在吹书上的灰，一摞堆在最高处的书籍落了很厚一层灰，他心血来潮，一一捧下来，有点没事找事的样子。司文育瞥了陈家洛和萧岚几眼，突然笑了。

笑得很江湖气，属于老奸巨猾的那种，他自知不妥，"哼哧"一声收住，开始发烟。这回不聊书法，也不方便谈女人，就聊绕着三茅峰流淌的小河中出产的鱼，鲫鱼、鳜鲅鱼、鳊鱼，各色各样都有。

陈家洛说："什么时候，我们借条船，自己去捕鱼，一定也很煞念。"

萧岚第一个拍手称好，司斌跟着赞成，他腼腆地笑，看得出他陡然对生活有了兴趣。这很好，真的很好，司文育觉得今天自己这一举动很到位。

10

徐总派专车来接司文育和萧岚，说自己有位朋友来了，点名要听评弹《钗头凤》。徐总的高级轿车黑得锃亮，司文育觉得眼熟，一时也想不起来在哪里见过。他和萧岚坐在后排座，时不时闻到一股香味，也不知是萧岚身上的，还是轿车里的，还未开唱司文育就有点犯迷糊。

地点在市里的一家五星级酒店，亭台楼阁，曲径通幽。徐总的朋友是个矮胖子，很福相的一张脸，嘴唇凹陷在脸颊之中。他说他最喜欢陆游的这首词了，伤感、无奈又悲情，哎呀，闲话少说，还是听两位名家来唱吧——

司文育微微点了一下头，凄恻动容起来，情绪酝酿得正好，唱腔更是拿捏得入味极了，起承转合，无一处不在诉说内心的情绪。再看萧岚，长发，着青花旗袍，身材苗条，尤其是弹琵琶的玉手，轻拢慢捻，很让人痴想。

"红酥手，黄縢酒，满城春色宫墙柳。"

"东风恶，欢情薄。一怀愁绪，几年离索。错、错、错！"

"错"字恰好是入声，韵脚落在入声上，就像雨滴在瓦当上，清脆，有余韵。萧岚又是能收住阵脚的人，所以，一曲终了，听者陶醉，唱者敛容收束。

包厢里设着酒席，开始觥筹交错，喝的是花雕。司文育不怕，只是担心萧岚，怕她不胜酒力，会造次。

果然，萧岚三杯下去后，憨态和娇态一露无遗，比刚才唱评弹的时候又多了一分情态。徐总的朋友坐在她的邻位，递毛巾、夹菜，照顾得十分周到，他脸上的笑容温厚，很显长者风范。萧岚身上散发团团香气，像笼着一朵芍药花，她侧过脸，细声慢语。

徐总的朋友将手抚在萧岚肩膀上，萧岚头垂着，几乎要低到桌子上，看来真是喝多了。司文育心紧了一下，他去了趟厕所，抠了抠喉咙，告诫自己千万不能迷糊，还好，冷水冲下脸，酒醒了七八成，于是琢磨着要尽早带萧岚回去。

他找了个借口，说，上海有个评弹专家下午要到他书院里切磋，非要赶回去的，多有得罪。言辞间，他立起身，做出告辞的手势。

徐总的朋友瞥了下萧岚，慢慢地吐出一个"好"字。再敬杯酒，起身，道别。汽车嗖的一声不见了踪影。

萧岚睡得像朵花，安静，娇美。

司文育摸出一根烟，心想，今天得罪客人了，但无论如何，这样办事，他问心无愧。

萧岚在书院一觉睡到灯昏月暗，直到司斌唤她起床。萧岚睁开蒙眬睡眼，看见陈家洛、司文育和司斌，她的脸一下子红到耳根。晚饭小酌，西芹百合炒鸡头米、鲫鱼两条、白斩鸡半只、一碗榨菜蛋花汤，清清爽爽，四人围拢过来，不紧不慢，吃到七点评弹开唱。

第二天早上，陈家洛真的向村民借了船和捕鱼的工具。四人坐在船舱里，看见露水在远处的草上，泛着蒙蒙的白。司文育划桨，司斌和陈家洛撒网捕鱼，萧岚弹古琴，仿佛到了世外仙境，青山、碧水，还有袅袅琴音，淡远而空阔。

水草很浓郁，鱼在网兜里噼噼啪啪甩尾巴。司斌最兴奋，好像全是他的功劳，他乌黑眼珠露出的狡黠目光投向萧岚，她的胸，暖洋洋地呈着一种色调——柔情聚拢过来，又紧张地逃到河水里。萧岚只当没看见。陈家洛坐在藤椅上，船平平稳稳地行进着，他抽了根烟，遥望山光、日影，都映照在河面上。

谁都没有多话，安静，是此刻最好的对白了。司文育放下手中的桨，任船自由漂荡。

过了很久，陈家洛说："香雪海的梅花好像快要开了。"

司文育扭头对萧岚说:"这个梅花之约,你一定喜欢,可别错过了,当年袁宏道在江南做县令时,最喜欢带着家眷去赏梅,梅花几十里,一望如雪,暗香浮动。"

陈家洛继续补充:"清朝时候,无论男女童叟,四方名流骚客,舟车往来,络绎而至,成为一大盛事,就连乾隆皇帝六次南巡都要到香雪海赏梅。"

"好!"萧岚抿着嘴,笑着说,"我最喜欢享受这样的清福,和你们在一起,更加舒坦。原班人马,说定了,一起!"

司斌更起劲更卖力了,划桨、捕鱼。萧岚说:"鱼不要太多,放生一些吧!"司斌立即照办。

萧岚没有提那天在五星级酒店发生的事情,好像什么也没发生过。她穿着紫色的棉夹袄,盘腿坐在船头,古琴很轻巧地搁在腿上,姿态娴雅。

先来一首《渔樵问答》,再来一首《梅花三弄》。

弹完后她倒是提到师弟君华,说:"君华啊,在浙江桐乡山村里,不看电视,更别提上网。心绪绝对安静,保持自己和古人相通,每天除了阅读古书,就是埋头制作古琴。"

"那不会无聊死吗?"司斌问。

"不会啊，"萧岚说，"一朵牵牛花，一条小鱼，一根伐木，他都可以对着说上半天。"

11

过了两个月，桂月和王老板办了离婚手续。

桂月和王老板约定从此以兄妹相称，夫妻缘分没有，但情义还是在的，况且有一儿子作纽带。桂月的身体总算恢复过来，找到了魂，也找到了神，抱起琵琶，依旧能顾盼神飞、眉目传情——司文育心中一块大石头也终于落了地，时不时到中药店抓一把人参、当归、黄芪、枸杞、杜仲……让桂月煲汤喝。

桂月的凤眼明亮起来，又有了神气，先前的悲伤仿佛在一寸一寸消失。

她决定择个日子请汪道士来做一个道场，好一扫晦气。那日太阳高悬，明朗无尘。桂月家中设了一个法堂，汪道士穿着红绿相配绣有瑞兽纹的天师大袍，头戴方帽，很神武的样子。邻里街坊伸长了头颈，争相看汪道士作法。

桂月拿着蒲垫紧跟着汪道士，汪道士叩头，她立即跪拜，直累得气喘吁吁，哪晓得还要磕头，紧三下、慢三下，桂月歪斜着，差点要倒在汪道士身上。

汪道士扶了她一把，他的手掌宽阔，热乎乎的，竟像汤婆子，桂月疲倦中感觉到了一些亢奋，她男人的手一向出冷汗，且瘦弱细长如同鸡爪。

汪道士眼睛微微一眯，吟诵得更加抑扬顿挫，小道士齐声应和，只听一棒锣鸣，诸乐齐奏，煞是壮观。

桂月的性情，在这场打醮中无端地变了。她思索着，她需要一种力量，一种最强大的力量，来做一种撒野的行为，来抗击命运。她伸出胳膊，蹭到汪道士的胸膛，稳稳扎扎的肌肉，她用力推了下，他仿佛有所会心了，嘴角牵出一丝笑容。趁人不注意时，他摸了一下桂月的腰。桂月不作声，磕头时奶子摇晃得更厉害了。

这是早春时节，迎春花东一挂西一挂开得十分招摇。天空淡蓝淡蓝的，淡得像水。有两只鹤腾云驾雾，飞到三茅峰上，一边飞一边互相戏弄。一雌一雄，极享天上人间的乐趣。

汪道士和桂月有一搭没一搭地在三茅峰上调情。

汪道士一点也不像道士了，他眼睛里含着对女子的怜爱，脸上跳着云彩，喷出来的气也是热烘烘的，满含情欲。他喝了半斤白酒，这对他来说，根本算不了什么。他坐在桂月身边，手搁在藤圈椅上。俩人并排坐，在听《杜十娘怒沉百宝箱》，刚唱到第一句"窈窕风流杜十娘"时，汪道士的手冷不丁伸过去，在桂月大腿上捏了一把。桂月暗含着笑，抖动了腰，接着又抖动了腿，抖动了胸脯。

小道士在旁边沏茶，回转身来，发现曲未终，听评弹的两位却像湖边的野鸭急急惶惶离了场，再看不见野鸭的头，只剩一圈圈涟漪向外散去。

第二天一早，汪道士神清气爽地来见司文育，大跨步，粗嗓门，脸面修得洁净发亮，敦实的身体往司文育面前一站，倒把司文育愣得摊开了手。

"咳——咳——"他有些羞涩，期期艾艾，先咳嗽两声来打圆场，很快，他说：

"早！"

"早！"

"吃过了？"

"吃过了！"

"我——我要结婚了——"他鼓足劲说出来，带着与年龄不相称的青涩少年状。

"和谁呢？"

"桂月，我想请你当我们的证婚人。"

还证婚人呢？——要那么有模有样——省了这点心

吧——司文育忽然击了一下掌，气沉丹田，从喉咙口发出一个"好——"字，喊得极为果断漂亮。

司文育似笑非笑，迎春花从窗格子外钻进来，枝条落在茶几上。他揶揄着，吐字很轻："你就不怕她有克夫相？"

汪道士笑得几乎要将三间屋都抖塌下来："我是谁？怕她克夫相？我自有五雷正法，雷霆行天地之中，还怕降不了她？"

司文育猛拍二狗的肩膀，兄弟成家总是开心的事——他不就是个道士而已嘛！道士又怎么啦！照样喝酒吃肉，只要不吃青牛肉，据说老子出函谷关时骑的是青牛。娶妻生子也是很正常的事，他们属于正一教，几乎没有什么清规戒律，进得去出得来，这才是最高境界啊。况且，最关键的——他是在恋爱，你看他那副样子，诚惶诚恐，又侠气冲天，一会儿扭捏，一会儿嚣张，他被桂月这女人降得服服帖帖，一头栽进去了……

河湾，有成群的野鸭在临水嬉戏，轻功水上漂，它们一只只相逐甚欢。

街心地面有一捧稻草烧的灰，这个自然不能随便扫去。前夜，镇上年纪最长的老人过世，几乎全镇的人都去吊唁了，抬脚跨过这稻草灰时，每人吃一口糕，喝一口甜汤，队伍排了一条长龙。司文育凝视这稻草灰好几分钟，揉揉眼睛，继续前行。

12

春天真是来了，春深似海。暖风。春水。酣梦。还有一蓬又一蓬的绿，摇摇曳曳的，迷了人的眼。司文育手脚也有些慵懒，午梦扶头，睡了一觉，才算找回一点筋骨。萧岚说，六七月份要去上海，也许一时半会儿回不来。明确一点讲，她是去上海发展，大城市，新旧元素都很吃香。萧岚人虽小但能量很大，不是同玄镇能留得住的。

这桂月和萧岚，唱腔各有特色，一个似月，一个像雪。捧一堆来，风清，月白。如今，司文育心里却偏着萧岚，怕她一去，生意反不及原来的好，因此颇为踌躇。

今儿是农历四月十四日，同玄镇迎来最热闹的节日——"轧神仙"。

大清早，街面上就挤得水泄不通。卖衣服的、卖鞋子的、卖五颜六色风车的、卖剪纸的、卖瓷器的、卖字画的、卖绣品的、卖微雕的、卖玉器的、卖酥糖的、卖青团的、卖枣泥饼的……日常用品、花鸟虫鱼、风味小吃，等等，一样也少不了。小孩子扭得像牛皮糖，早缠着大人一路逛去了，买这买那，小肚皮吃得肚脐眼儿都翻出来了。

司文育拐到西南角的酱肉店，称三斤酱肉回去，司斌特别爱吃。这家的酱汁肉味道相当别致，皮糯肉烂，肥而不腻，后味绵长。哪料到司斌一看见酱肉，便吵嚷着要叫萧岚来同吃。他说话像香樟树上的喜鹊，流露出殷切之感。小伙子眉毛黑黑的，司文育看出了几分少年的英武神气，心里比前段日子舒坦了些。

"好——"他拨通了萧岚的手机，姑娘独自在三茅峰转悠，真是个身心健康的姑娘，自由、无拘无束。

中午吃完酱肉，叫来陈家洛，下了几局围棋，萧岚弹琴。

书院气场清雅，和屋外的喧闹形成了剧烈的反差。只听司斌低低地问萧岚喜欢哪种帖，喜欢不喜欢田黄鸡血图章？这小子看来是暗下了一些功夫，补了些必要的功课好跟萧岚扯上话。

萧岚一笑，说："我喜欢怀素的《自叙帖》，这帖笔笔中锋，如锥划沙盘，纵横斜直无往不收，真正是好。尤其是'狂来轻世界，醉里得真如'，这两句把怀素的逍遥物外之情表露无遗。"

司文育的棋子举到半空，却不晓得落到何处——只听他那傻小子唯唯诺诺应声道:"是,是——"

是什么呀?再读四五年书,他也未必能领悟萧岚的机锋。

汪道士差人来请一屋子的人到他家吃晚饭。私宴。交情深的方可赴宴。

司文育留了司斌看守书院,小子很不情愿,但也拗不过父亲,噘着嘴眼巴巴看着萧岚和陈家洛随父亲同去。

一路上,大家新奇得很,汪道士新婚后头一次宴请,不知道以怎样的方式出场。

结果,还是在饭店里吃。桂月打扮得妖娆风情。最具有戏剧色彩的是汪道士带了几大本婚纱相簿给众人看。相片上的他穿着白色中式唐装,手拿折扇,一副风流倜傥的潇洒模样,可惜牙齿太黄,图片后期处理没注意到这点,显得美中不足。桂月身材袅娜,头颈伸得如鹭鸶,她的脸蛋贴在汪道士面颊上,犹如鸽蛋落在蒲草团中。

"相当恩爱——"有人拖长声调喊,众座嬉笑。

司文育暗地观察他的女徒弟,精气神恢复得相当不错,好像脱胎换骨变成了另一个人。也是,生活总要往前推进的,过去的就让它们通通翻篇。桂月能从以前的压抑痛苦中走出来,好事情!他该高兴。

桂月的酒风之好出乎大家意料，她敬别人，必是满满一杯，人家还敬，她也绝不含糊，自个儿再斟上满满一杯，细长的脖子微微后仰，"咕噜"全部入肚。众人击节赞赏。汪道士眉宇间的肉瘤突突跳几下，立起身，展开排山倒海之势，和众人喝了个痛快。

饭店是同玄镇上牌子最老的百年老店。松鼠鳜鱼、响油鳝糊、清炒虾仁、碧螺烟熏青鱼、东山木桶羊肉、古法蜜汁火方、白鱼松蟹壳黄、燕窝玫瑰方糕……一盘盘名菜端上来，众人似乎并不在意了，他们哄弄的是汪道士的酒量，洋洋洒洒，上天入地，是怎么喝也喝不醉。整个饭店洋溢着酒香，整个同玄镇的空气里也弥漫着酒香。

汪道士还没醉，司文育却喝醉了，回书院的时候，只觉满街巷的生意摊子长了脚一样在呼呼向后跑。他尿憋，上茅房，却愣乎乎跑到了女厕所，看门的人揪着他的耳朵一把将其拎出来。

司文育傻笑着想找陈家洛。陈家洛和萧岚早不见了影踪。

恍恍惚惚中，他看见鱼行街走来一个男人，奇高，奇瘦，戴眼镜，外八字，走起路来像刻着《金刚经》的一片竹简。不是本地人，司文育虽然醉醺醺的，但还是能一下判断出。不像普通的游客，好像就是来找故事的。司文育酒后的脑袋像塞满了评弹曲目的抽屉，《林冲夜奔》《六郎寻母》《击鼓战金山》……琳琅满目，等他回过神来，奇高奇瘦的男人早不见了。

司文育躺倒在雕梁画栋的老式片子床上，哈哈笑了两声，随即呼噜滔天。

梦里这个奇高奇瘦的男人走进来，神神道道，说了一些司文育听不懂的梵语，哎哟哟，他在迷糊中挣扎了很久，才勉强听懂最后一句："乱烘烘你方唱罢我登场，反认他乡是故乡。"

13

司斌在书院擦桌抹凳，眼巴巴等着父亲回来。

他像改了个脾性，零碎活全抢过来。空闲下来，还抓本书，《老子》《随园诗话》，懵懵懂懂地读。只要萧岚口上念叨着哪本书，他就会挖空心思找来一读。

"萧岚今儿来唱吗？要不——"他涎着脸问父亲，"让她早点来，好吹吹牛。"

司文育嘴里像塞了颗话梅，说话含混不清。

司斌捧着水壶给君子兰浇水，嘴上仍重复着刚才的话语。这盆君子兰花色橙红，形似火炬，萧岚来了以后总喜欢站在旁边使劲地嗅几下。

司文育转过身，抹了抹脸，想了想，仍没有把萧岚要到上海发展的实情告诉司斌，想着找个合适的时机跟儿子推心置腹地谈一下，也不算晚。他拨通萧岚的电话，萧岚脆生生地应了，说："好呀！我和陈先生恰巧在水月庵，过一小时就到。"

水月庵在三茅峰西北麓，平时少有人去，景致却是好得很。有一次司文育在峰顶向下望庵，云雾相绕，整个庵堂如镜中花、水中月，时隐时现。萧岚喜欢访仙求道，尤其喜欢结之为圣、散之成仙的气韵，这种脾性烂漫天真，又不染尘埃俗气，司文育忍不住从心底赞几声好。只是和陈家洛形影不离，司文育不免开始嘀咕了。

同房不同床？——他们有两次单独留宿在外，莫非也是这种状况？

司文育暗自狐疑起来——吃不准。桂月暂且不提，极有可能是她主动勾引撩拨他人。但萧岚是朵将开未开的花，散着清香，溢着花蜜。陈家洛再怎么书蠹虫，对女人还是敏感的。中年意气，对上少女情怀，这还了得？

司文育正胡思乱想着，萧岚和陈家洛踏过书院门槛，他赶紧将目光移到窗外，只见远处的三茅峰疏林如画，树头绿叶翩翩，似有莺啼，又似有蛩语。

司斌利落，应声而出，泡茶倒水，好不欢喜。

萧岚今儿唱最后一晚，过两天就要收拾行囊去上海了。桂月中午时分也到了书院，她穿件鹅黄色旗袍，小腹处略微有些赘肉，站着看不出，坐着就有点褶子叠在一处。萧岚叫她姐姐，亲亲热热，不见一点生分之意。她也仔仔细细看萧岚，如皎月、如白露、如幽兰、如青玉。她早耳闻萧岚虽年轻，却是风流潇洒的真性情，不免赞叹有加。两人喝茶，桂月的白瓷茶杯再度派上用场，她手执茶杯，慢慢用盖拨开漂浮在水面的茶叶。

桂月问："萧岚姑娘去上海，可有人举荐？否则一人在大城市漂泊，难免会心累。"

萧岚有酒窝，此刻她好像穿着月光织成的衣裳，涂着朝霞做的胭脂，羞涩一笑，说："有的。"

"妹妹，如果不介意的话，能否告诉我，我也能为你做个判断。"

萧岚迟疑片刻，脸上的酒窝仍在荡漾着花香和酒意。忽然，头一昂，吐了几个字："是徐总介绍的。"

"哐啷——"白瓷茶杯盖击地，发出清脆响声。

桂月双肩轻微抖了下，又急忙设法掩饰，恰巧司斌进屋，缠着萧岚到另一房间去，才免了这场尴尬。

另一房间。司斌请萧岚稳坐圆凳，自个儿却羞羞答答，欲言又止，眼神儿不停觑着萧岚。萧岚反笑他神神道道，有点娘们儿。

他急了，一把抓住萧岚的手，说："萧岚，别去上海——我喜欢你，喜欢得要死——"他几乎把心抠出来，脸涨得如一个刚从田地里拔出的红萝卜。

萧岚稳稳地将手抽出，她将他眼前的头发，"扑哧"妍笑，说："司斌呀，我把你当弟弟，晓得吗？这种感情也十分美好。"

"我不！"他噘嘴，呼吸加粗，"我俩在一起才相配！我受不了——你总是和那个四十多岁的半老头子在一起，他有什么好？老鸡童子！"

说着，他去捧萧岚的脸，嘴凑上想亲。萧岚躲闪开。两人的身体扭捏推搡着，不慎碰倒了茶几上盛开着的君子兰，只听"哐啷"一声，青白瓷片和着泥土，以及君子兰橙红大花全都散落在地。司文育循声而来，看两人的身形，明白了六七分。

司斌隐藏了大半年的小流氓习气终于像鸦片瘾一般发

出来了，他用指头直戳萧岚胸口，说："装什么装，和老鸡童子外出，一个房间，做什么鸟事？！"

司文育一脚跨前囡住这小畜生，生怕他还有什么过激言行。一边还得小心地向萧岚赔不是，但见萧岚退去了先前的窘相，依然字正腔圆，她说："司斌弟弟，你确实要多读点书，方可修身养性，平了那污浊气。"

司文育虎着脸，好不容易将司斌吓退。

陈家洛却是什么也没听到，翻看着一个手串，那是一串金刚菩提子，盘了大半年，油光锃亮。司文育想，也好，省得尴尬。司文育想让桂月来调和着说两句，却发现她在另外一间屋怔怔发呆，两颊泛着一团青光。

萧岚只当没事人，落落大方地拿起琵琶，说："各位哥哥姐姐，萧岚在同玄镇，承蒙你们照顾，我唱一曲《虞美人》，这春花秋月，只待我下次再有机会来同玄镇共享。"

司文育给萧岚结了工钱，一下子空空落落，竟不知道说什么好。

14

月亮发出一丝朦胧的白，光芒微弱，似乎染了风寒，打不起精神。

夜色里的树枝一条条伸长了脖子，耳朵咬着耳朵，挤眉弄眼，说着什么悄悄话。桂月在床上，像是生了气，也不理汪道士。汪道士将脸抹得像朵花一样凑上去打趣，桂月照旧不理。

"大约是天气作的怪！"汪道士自言自语。

桂月黑发披散满脸，头埋在被窝里哭得抽抽噎噎。汪道士慌了手脚，心肝宝贝一连串地喊，边喊边揉。桂月只凄然地露出一条胳膊，雪白膀子上留下三道血痕，细一看，是猫爪的痕迹。

"哪只畜生？我亲手宰了它，竟敢动我的女人！"汪道士粗声嚷道，将道士服甩到床底，捋起袖子细细查看。哎哟！有一道爪痕确实深，伤口处鲜血仍不断涌出，他手忙脚乱地取了酒精药棉消毒，一面咬牙切齿问清是谁家的畜生。

"——马老太太的猫。你又拿它怎样呢？"桂月恢复了常态，"我好端端地在巷子里走，它平白无故蹿上来，滑稽得要命，肯定是发情时被公猫甩了，才急着要发泄。"

汪道士被桂月的话逗笑了。

可是，桂月不笑，十分严肃地盯着他："你会拿这只猫怎么办？"

"一只猫嘛,畜生而已,你当真要怎样?"汪道士讪讪地垂下了眼皮。

桂月悲情地号哭起来,冲汪道士吼道:"你这胆小鬼,一听是马家的畜生就蔫掉了,若是换了是他家的人欺负我,你更不敢放半个屁了!你不是本事大得无人能及?怎么连这点小事都不能解决——呸!我算是瞎了眼看错了人!"

汪道士脑门上的一根青筋突突直跳,他没料到桂月的反应会如此之大。别家的猫怎么都好说,偏生是徐总家的。这个夜晚——他就觉得有点不对劲,从九仙观出来,牙齿缝里就吸进一股冷气,头皮也一阵阵发麻。他惶惶向外奔去,只看见月亮浑身像长了毛一般显得邋遢。有一个瞎子,撑着竹竿,咚咚咚走得倒是伶俐。汪道士不及他,一个趔趄,差点摔倒在青石台阶上。风并不在刮,可是空气在流动,推涌着各种花的娇媚。汪道士有鼻炎,经不起这五色杂陈的气味引逗,"阿嚏阿嚏"一路打个没完。

桂月什么地方都不让汪道士碰,她身体起伏着,脸朝里,一言不发。

月亮在窗前左右徘徊,让汪道士好生难受。

汪道士整夜睡得迷迷糊糊,做了一场又一场纷繁复杂的梦,梦中全是虐猫的场景:把猫的胡子剪了,让它打喷嚏；在它尾巴上拴一挂鞭炮，点着，吓得它没命地奔跑。这些手段其实都是他小时候顽劣时干过的，如今真要再次实施，他觉得于心不忍。

早上睁开眼，汪道士发现桂月手臂上的爪痕处轻则呈瘀青状，重的地方开始发炎，吓得冒了一身冷汗，急忙带她去打了疫苗。他一人在候诊室大厅寻思了半天，闻到苏打水的气味和生老病死的气息。

同玄镇连续半个月没下雨了。汪道士信老皇历上的一句话：龙多不下雨。

一年前，他收藏了一枚稀世印章，田黄石、朱白文印、纽饰精雕奇巧。他将印章包在绸布里，知道自己得了真正的好东西。只怪有一次酒喝多了，拿出来献宝，他在白纸上盖章，把盖好印章的白纸送给在座的每一个人，说是揣着白纸就能辟邪。

结果消息传出来，被徐总听见了，先说要看，然后要取。汪道士只能打落了牙齿往肚子里咽。

他妈的——小时候拖着鼻涕跟在他二狗后面稀里哗啦地哭，一点也没有男人气！还有，读书时对女同学损阴招却总要他二狗扛着的，也是他！现在，当领导当出瘾来，还想进一步法力通天？

哼！汪道士扭过头，对着树上聒噪的麻雀跳脚大骂："叫，有什么好叫的！再叫！小心我打折你的腿！"

汪道士去过徐总家里的书房。靠窗的右边，有一个几案，案头搁着一部《金刚经》，《金刚经》旁有一只饕餮纹三脚鼎的古铜香炉，炉内积满了香灰。

如今他要稀世印章，放在他几案上。汪道士想，这赤佬太贪心，不是好兆头，什么都想占为己有，是要遭天谴的。当然，他从小这德行，狗改不了吃屎。

桂月还虎着脸，半个月来没有给他好面孔。不仅面孔凶，心也更硬，说出来的话没有热气。汪道士懂得女人受了委屈以后的蛮劲，只能万分赔小心。看那被猫挠伤的地方，也觉得很怵目，结痂的地方留下了很奇怪的疤痕，几条错乱的暗紫色细长条，像有法力的神符，印在桂月雪白的手臂上。演出时她必定要穿旗袍，手臂露在外面，这疤痕就显得特别扎眼。

汪道士想起九仙观之前来过一个道长，医术高明，擅长绘画、书法、音乐，又深谙养生之道，他研究的秘方在藏经阁的暗道抽屉里。他怎么一时糊涂忘记了这些细节，直到今日才想起！于是手忙脚乱去翻找，哪里还能觅得影踪！

　　陈家洛也对他说过，三茅峰的道场自古有之，尤其是清代，道长们各有神功，读书、练功、养花、博弈、吟咏、修身养性。三月梨花白了，纷纷扬扬飘在衣裳上，青玉案台前，笔墨耕耘，清瘦背影，显现了道家独有的气质。

15

　　星星在天上。水汽很浓郁，一阵一阵，扑面而来。

　　水流得很静，声寂寂。萧岚穿着薄薄一件春衫和司文育道别。七点钟的火车，"呜"的一声长鸣就会把人带走。陈家洛也在，他敛手垂袖而立，温良恭俭。司斌躲在门板后，从缝隙里窥看——萧岚仍是大方窈窕，稍稍前倾，看见他卑微浅薄的脸颊，只微微冲他一笑。

　　一路上，司斌仍是一副失恋后失魂落魄的模样，他问桂月："一个男人和一个女人同处一室，会做些什么事？"

　　桂月拍他的脸："傻小子，你说会做什么事？"

　　"你相信——同房不同床吗？天下竟有比我还傻的傻子哦！"司斌叹气，突然一屁股坐在地上，大哭起来，"他肯定要了她——他们都在装腔作势骗人——骗人！"

　　"萧岚和我在一起才相配！"司斌哭得很伤心，很悲痛。

　　桂月默然，司斌口中提到的傻子她一下子便猜到是谁，没想到他竟得了开化——她心里渐渐高兴起来，叶落花开，水流云驻，自在的画境才得怡然之乐。她轻轻拍打司斌的肩，他还在哭。

　　将司斌送回书院，桂月就气喘吁吁一路往陈家洛的云川书店赶。抬眼看到书店闪着微光，如皑皑白雪天瞧见火炉一般，桂月心儿荡荡，有种百感交集的情绪。门空关着，人并不在，或许还没回来。空洞的幽蓝色天上，高悬着大半个白月亮，它仍有些生病的迹象，散出的清光一点温度也没有。

　　桂月的颈脖昨夜梦中落枕，至今仍有硬生生的撕扯之痛。

　　回屋，拿起琵琶，清亮亮的声音穿云裂石一般响起，又呜呜咽咽如飞鸟盘旋江面，铮铮淙淙，一会儿又转到评弹《宝玉夜探》。

　　桂月一个人，一盏灯，对空落落大厅，放声吟唱：

　　　　隆冬，寒露结成冰，月色迷蒙欲断魂。
　　　　一阵阵朔风透入骨，乌洞洞的大观园里冷清清。
　　　　贾宝玉，一路花间步，脚步轻移缓缓行。

他是一盏灯、一个人，黑影幢幢更愁闷。

孤单单，独自到潇湘馆！

桂月唱倦了，也唱累了，伏在桌上打盹，恍惚做起梦来，她抓住陈家洛的手，那手，干净、白皙，指甲修得干干净净——干净得不近人情。相形之下，她的手却是充满污浊气——她涂肥皂，用力冲，使劲洗，也没用，总有异味，是那个恶心粗鄙的人留下的，她哭哭笑笑，花影日影洒了一地。

如果有可能，她想给自己刨一个坟，埋进去算了。然后重新来世，像萧岚一样，干净、性情地与陈家洛一起看看星，看看水，听听鸟叫，然后七搭八搭闲聊天。

司文育别了萧岚，说不上五味杂陈，也是愁绪萦怀。阴湿天，他用手在右腿关节上使劲地揉搓几下，这关节炎总时不时暗示着他。

胭脂街最近蹊跷事频频发生，李家祠堂的西南角坍塌下来，砸了路人，据说这不是一般的砸，阴气太足，怕是撞鬼了；穿心弄弄口飞来一只白鹤，细长带蹼的爪子踩在晾晒的酱瓜上，有人说，是从三茅峰那边飞来的，有仙气的，不好随便抓捕。白鹤嘴尖利得很，看着来往的村民，并无一点惧意，反而，嘴巴一张，扑棱棱飞上去，好像要啄人的样子。

那个奇高奇瘦的男人他又见过两回。一是在白天，一是在夜晚。五官看不清楚，混沌不明朗。都是在片刻恍惚之中闪现了一下，很快就不见了。司文育疑心自己是看花了眼，最近脑壳不灵光，生意上也有些滑坡，赚不了钱。

是真是幻？司文育不觉猜测起来。是自己心理压力太大，还是近期事情周折多？最近整个旅游业都不景气，领导们又在讨论整改同玄镇的规划方案，说有的要拆，有的要搬，有的地方要建个不伦不类的雕塑。

司文育一听这些脑子都要炸了，最好的传承是保护性开发，怎么能说拆就拆说搬就搬？他小小一个评弹书院老板，也晓得同玄镇很多都是好东西，越老越有味道，要保存，可是凭他一己之力，实在是心有余而力不足。

萧岚去上海了，司斌哭唧唧一副天塌下来的样子，陈家洛倒是正常过他的散淡日子。桂月也是莫名寡欢，怎么新婚不久就这样丧气？

想想十年前，桂月跟在他身后，一口一个师傅，他手把手教，毫无保留。桂月机灵，学得也快。师徒俩一搭档，唱得同玄镇整个古镇都荡漾在吴侬软语中，清亮亮的，绿了青山，秀了绿水。轻咳，起身，抖抖衣襟，转轴拨弦，一旦开唱，流水都一起随他们的唱腔抛洒，化成一片明晃晃的月光，然后再落回人间。

往事如烟，司文育摇头猛吸几口烟，只听见桂月一个人在放声吟唱。

16

同玄镇昨夜西南角火光冲天，火势一路蔓延，噼噼啪啪差点把徐总的府邸烧掉。

靠东的一面墙已被熏得乌黑，前院的花坛也已坍塌，急得马老太太直翻白眼，幸亏抢救及时，人和物皆无大伤。一时间，百姓议论纷纷，有人说是一顽童因贪玩划炮，在砂纸上划燃后一丢，不小心扔在了柴垛上，才引起了这场火灾。也有人说是土地公公生气了，原本在运河边上的古戏台怎么能随便挪动？是老天爷要给挪动的人提个醒吃吃苦头，警示以后遇事可千万别鲁莽。

也有人建议，一定要做个道场，保佑全镇老百姓风调雨顺、趋吉避凶，太太平平地继续享受小康生活。

钱是民间商会出的，大家凑份子，一定要汪道士出场，做一场大型水陆道场。

鼓、边鼓、锣、铙、钹、大碗、勾锣、铃，一应俱全。还需要有牲畜为祭品：全猪、全羊、全鸡、全鸭。汪道士另外还在纸上添了一样东西：全猫。而且要马老太太的猫，那只猫眼梢稍吊面露凶光，留着恐有不祥之兆，只有让它到了玉皇大帝身边才会化恶为善。派去取猫的人还有些疑虑，谁料老太太受了惊吓以后，一口答应。

汪道士又穿起那红绿相配绣有瑞兽纹的天师大袍，一步三摇，手执铜铃威风凛凛一路作响。一时间，几百双眼睛齐刷刷盯着他，又有数十个商会代表跟着他磕头作揖，心中好不得意。

整个九仙观鸣钟击磬，香烟缭绕，仿佛所有人都在恍恍惚惚中腾云驾雾到了玉清宫。

水陆道场完成得相当出色，傍晚时分，同玄镇百姓抬眼望天，不约而同发现了一大片七彩云，炫美似彩虹，又似丝质纱巾，幻影迷离。桂月那时正在芭蕉树下剥蚕豆，一眼瞥见七彩云，惊奇得张大了嘴巴，连蚕豆撒了一地也不知道。

好兆头。当然是好兆头。

这好兆头足足维持了一个小时，全镇百姓无不欣喜。

当晚，民间商会的人大摆筵席，镇上的老板全都来了。

汪道士仍是主角，他的酒量真是与海同宽，浩浩汤汤，横无际涯，许多人都被他喝趴下了。有的当场卧倒在酒桌旁，有的蹲在卫生间出不来，有的喜笑颜开说着酒话唱着歌。

最后，汪道士被饭店的几个服务生强架着回了家。

桂月的脸还是拉得有点长。她看他衣襟上的一片呕吐物就郁闷了。费了好大的劲儿才将他外衣剥下，死沉死沉的身体，哪搬得动？随他呼噜咆哮吧……

桂月怕他再起身胡闹，将房间的门上了锁，自个儿却出了街，往云川书店走去。那轮圆月在，他应该也在。

半小时后汪道士醒来，口干舌燥，扯直了嗓子喊桂月要水喝，却没人应。拉门，门上了锁。只有一扇窗户打开着，明亮亮的月光似乎在召唤着他。汪道士探出头，想看看桂月是否在回家的路上，他需要她端茶递水。

探头，探身。越倾越出，九十度直角，一百二十度倾斜……人像一片叶子飞了出去，飘飘荡荡。

汪道士头着地的刹那，意识还是清醒的，他居然还能掏出手机，打电话给桂月。他的声音在细碎的月光下显得极不真实。

他说："我——我不行了——我从自家的窗户口——像块抹布一样飞了出来。"

他把自己比作是一块抹布，究竟是什么意思？一般人是猜测不出的。说完，他的脖子往左一歪，像前不久飞来的那只白鹳，头撞在同玄镇古戏台不远处的一块太湖石上，死了。

据说，汪道士的死相很惨，他从十米高的窗户口坠下，震得自己颗颗牙齿飞落，五脏六腑俱裂。

那天傍晚，司文育正在古镇踱步，想去拜访一个僧人，他想在他的评弹书院里引进一种禅茶，除了碧螺春茶，还要有些悟透了人生的茶禅。

僧人住在三茅峰的寺庙里，司文育走走停停，发现了不少好风光，野花开得俏丽，藤葛爬得虎虎有生机。寺庙附近还有不少古人墓，譬如清代诗人吴梅村，还有画家虚谷上人。"好！好地方，好去处！"司文育心想，下回等萧岚回来，约了陈家洛同去，对了，还有一个妙人，萧岚的师弟君华，约了同去！

芦苇萧萧，天地独清。他自得逍遥，僧人没见着，也无碍，司文育心想，没见着才好呢，留机会下次去！

17

桂月绕绿堤，穿花径。

整个同玄镇在一场水陆道场后变得诗情画意起来——

柳丝拂面，芍药吹气。桂月恍兮惚兮，迷了心智，也分辨不清到了哪里。放眼只是云烟烟、阴漫漫一团，如同到了蓬莱，心中也有了不落尘埃的逍遥空幻之感。

她又好似坐在一艘画舫中，悠悠荡荡浮动。对岸的陈家洛在饮酒，萧岚在抚琴，独剩司斌小子仍在哀哀低哭。

回头只见师傅司文育成了独角戏，弦子弹拨起来，因喝了一斤花雕，酒意涌上来，于是沙糠喉咙一下子变得刚健："——大雪纷飞满山峰，冲风踏雪一英雄。"

"好！"众人喝彩。

桂月也鼓掌，姜当然还是老的辣，回想自己做学徒时怯生生的模样，真是羞于提起。幸亏师傅人好，不厌其烦地教，就一句"山盟虽在，锦书难托。莫！莫！莫！"的合唱不知练了多少回。

她记得师傅说："要舒一舒胸，叹一口长气，这韵味儿就成了。"

卷二

云 步

1

雪下了整整一夜，这在同玄镇是极罕见的事，且雪能积起来，更让人意外。

满树，满屋顶，路面上也都是，一觉醒来，冰清玉洁。林平山大清早就起床了，煎茶小坐片刻。雪后的阳光正好，他决定回老村走一走。

村子里人气回笼过来，麻将桌也搬到了阳光底下，几个老人窝在墙根，坐着拉家常。林平山掰着指头数数，去年，村上竟去世了三个人。老熟的，患病的，一个一个排着队等。

傍晚林平山去喝寿酒。因为一直唱戏，故而很少喝酒，但这回，从小玩到大的兄弟死活不放过他，硬着头皮喝了一些黄酒，未料起了酒兴，喝到不肯回家。后来躺在皑皑白雪上打盹片刻，只是额角不知在何处撞了个大包，软软的，如水晶球一般，一碰即痛。

一夜，梦纷至沓来，鞋子、大衣都不知丢在何处。仿佛是插翅而归，醉酒那段记忆一点也回想不起。凌晨三点醒来，头却不是很晕。七十五岁的老爹鼻息如雷，林平山望着黑沉沉的夜，睡不着了。

清晨，林平山独自在田埂间漫步，泥泞的土掩埋在皑皑白雪之下，如执拗的小兽，伺机潜伏而出。几乎分不清田与路，含混成一大片，右侧河面结满了冰。

老爹问了他妻儿情况，林平山也淡淡回了两句，说媳妇程心佑在外地出差，女儿被她外公外婆接到上海过年。他也落得清静，正好回家陪老爹。

老爹没有多说，他是真爱喝酒的人，大清早就要了一壶米酒、花生米、豆腐干、一小碟牛肉。

"来一口？"

他故意试试林平山。

林平山笑了，仿佛回到十五岁。

十五岁时他在泥坯墙面的教室里上课，突然进来几个人，说是来选人，选人干什么？不清楚，要他们四十个同学站得笔直，伸出手，再细瞧面孔，最后唯独点了他林平山。老师要他唱首歌，他稀里糊涂，清亮亮的眼睛眨了眨，唱就唱呗，唱平时最喜欢哼的《小芳》。于是张口唱"村里有个姑娘叫小芳，长得好看又善良……"老师情不自禁给他鼓掌，后来他就被带到省里戏曲学校就读昆曲专业。

那时他初三，懵懵懂懂之中，就被选上了，像一场梦，初三直接到省城读书，在整个同玄镇是首例。父母也高兴，逢人便夸耀。

前年在成都演昆剧时，也恰巧下了场大雪。大剧院挤满了人，有人喊"好！"昆曲其实不需要喝彩，喊好的人反成了外行。他被掌声包围了很长时间，有一种窒息感。他最想做的，是一个人到雪地中走一番。江南很少下雪，雪成了稀罕物，好几年才盼上一回。

舞台上雪常有，似真似幻。他演过一出戏《长安雪》，剧中女主角罗娘并非人类，而是一个由千年藤萝修炼而成的仙，居于终南山，罗娘爱慕书生李山甫，最终由仙到人，结为夫妻。

林平山饰演书生，书生面对皑皑白雪，面对情深意长的仙子恍惚良久。仙，人，鬼，到底谁的感情更忠贞更持久？

林平山在宽窄巷走的时候，发现白雪中红梅傲放，一朵一朵，精神得很，他兴致大增，掏出手机来拍，忽然接到程心佑的电话，她说："二十年同学聚会，一起参加吧。"

"好啊。"

同学聚会，拆散一对是一对，他不幸中招。程心佑也不知怎么回事，在三十八岁的当口昏头昏脑喜欢上了他们班做外贸生意的。他常年在外地演出，等到发现端倪的时候，程心佑索性提了分居。

或许是演戏太多，对于悲欢离合，他倒也淡然。他朝她作了个揖，她骂他神经病。他再向她作揖，她恨得咬牙切齿，说："唱戏，唱戏，把你脑子唱坏了！"

他仍没有大悲伤。忽然想起有一年在皖北瞧见一座花戏楼。雪还没完全化干净，一些残雪被铲起来堆在树下，残雪和草木一起，一面斑驳，一面枯黄，很般配。

绕着老村走了几圈，回同玄镇，路过三茅峰，索性爬山。山上仍有残雪，在林间，在石凹深处。一路拾级登山，山中多野气和萧瑟之气。登到最高点莲花峰。石块上宽下窄，摇摇欲坠，却又似摇曳生姿的莲花。他一人在莲花峰上坐了很久，只觉视野开阔，空气凉爽。

2

林平山初二时特别想上军校。扛枪，打仗，保家卫国。

林平山的二叔死在战场上，那时才二十三岁。遗体用福尔马林保存得完好无损，随着大运河一直运送到同玄镇。

二叔死前有一个女朋友小菊，住在大西宅，跟同玄镇只隔一条河。夏天时，二叔经常看见她坐在菱桶中采红菱，她的辫子长得拖到臀部，干活时将辫子塞到腰间。

棺材埋在距离老村不远处，被农田包围着的柏树林中。

每年清明，林平山的爷爷就带着他来扫墓，三岁的平山大眼睛，皮肤白嫩嫩，爷爷让这小囡在手掌上练金鸡独立。他们钻进柏树林，拨开朴树枝条。爷爷让平山从阴宅窗户口伸进小手，拍棺木板，嘴里还叨咕着："儿子啊，我们来看你了。"

平山一点一点长大，特别想看看二叔的模样，因为村子上的人都说："哦哟，活脱脱一个翻版，到底是林家的后代，这小囡和死在战场的二娃子越来越像了！"

二叔年轻时的照片，终于在一次老宅翻建时被发现。好几张，叠放在生锈的铁皮盒子里，林平山十五岁，仿佛看到了另一个自己，那眉眼，那鼻梁，那嘴巴，整个儿轮廓清秀里带着飒爽之态，飞扬处有俊逸之姿。平山吓了一跳，二叔仍在，他躺在柏树林的棺木里，这是不是意味着他林平山曾经来到这世界一遭，然后死去，然后又出生……

他欣赏二叔从容赴死的状态，非常有岳飞《满江红》
中"笑谈渴饮匈奴血"的气概。有一次同学们外出野餐，
问他喝什么，他脱口而出"匈奴血"，同学都笑了。

他不笑，有一段时间，他越来越觉察到，他和二叔感
同身受。不信你听！二叔在棺木里孤独地说："日子是风，
日子是雨，我耳朵最敏感的就是这两种声音了——老天爷
呼啸着，喘着气要连根拔起什么，一会儿是密集的雨点声，
劈头盖脸而下，蛙呀鸟呀人群呀都不见踪影了，独剩孤零
零的我在一片旷野中。天完全暗了下来，像块裹尸布把一
切包扎得严严实实，瞧不见一丝光线。"

铁盒子里的照片原本要被平山的母亲祭祀时烧掉，但
平山抢了回来，啥话也没说，夺了就跑。一边跑，一边想，
这是另一个我，烧掉了，我也可能会死，真的，不能烧！
不能烧！烧掉了，我就再也听不见二叔说话！烧掉了，我
的人生就一点意思也没有了！

果真，黑夜中攥着二叔的照片，平山又听见二叔在轻
声诉说，他说得相当抒情。

"我躺在棺木里。我并不是故意装扮成死人。一个月
前，一枚炸弹呼啸着落下来时，我紧张地闭上了眼睛，结
果我的脸庞和半截身体被炸得血肉模糊。在我没有完全丧

失意识之前，我看见空中有孤鹰盘旋，在远处蓝色的天际线上，我发现了桥头镇阴森森一片倒塌的残砖，那儿弹坑累累，浓烟黑沉沉地仍在升起，人影一个不见。"

平山问："二叔，你死了，死在那么远的地方，怎么回到老家的？"

"后来，我就没有醒过来，我好像沉入了一场梦，首场战役一共牺牲了五个人，领导指示要保存好遗体，运送回各自的家乡。于是，他们给我洗澡、剃头、整容、整着装，换上新军服，盖上新被子。

"就这样，我踏上了回家的路途，多么遥远呀！去时我们坐的是火车，我头一回碰到如此壮观的场面：长号、短号、圆鼓、鲜花、红旗、呐喊欢迎声！顿时感觉到，这真是要上战场了！回来时，我静悄悄地躺在漆黑的棺木里，听到艄公的摇橹声，他们在船头抽旱烟，吧嗒吧嗒，偶尔会谈论到我，说：'可惜了呀，这么年轻的小伙子，血肉之躯，怎么挡得了炸弹的轰炸？'"

平山没有再追问，他相信总有一天他会像二叔一样到战场去当兵，成为一个真正的血性男人。他怎么也没有想到他会被省戏曲学校选中，然后咿咿呀呀在舞台上扮相表演。

3

林平山的扮相实在是惊艳。

长得俊，再加上化妆师笔墨点染，在舞台上，水袖一闪，别说女人心动，连男人看了也会爱煞。昆曲里的曲词又是雅极，光听那曲牌名，就让人浮想联翩，什么《玉山颓》《醉扶归》《霜天晓角》《桂花锁南枝》，一个个场景让人恍若到了另一个世界。

《琴挑》那折戏，林平山面对小旦百转千回、满是妩媚的"啐"字，稳稳当当迎上去一个字"喏"，包容默契，且也是无限恩爱。男女水袖交织在一起，情思缠绕，台下无一人不说好。他才十八岁，就已把戏里男女感情拿捏得如此精准，连教他的师傅也忍不住点头。

省城三年时光里，为了演好戏，他吃了不少苦头，刚开学第一学期，他偷跑回家，抱怨唱戏太苦了，寒冬腊月要压腿练台步，要吊嗓子，他不想再继续了——

母亲沉下脸，蹲在河埠头拉着老咸菜的菜帮子说："哪一门不苦？去了就不好放弃！"

母亲的话不多，但含着人生的味道，把平山逼回了戏曲学校。他想想是啊，二叔是炮兵，他走在一人深的野草间也毫无恐惧感，那里满地弹壳，水沟里到处飘溢着腥臭味，血水滴滴答答从罅隙里流出。敌机在轰鸣，越来越近，他的双脚却被杂草绊住了，根本不能向前跨出半步——炸弹落在他头顶上方，蘑菇一样开花，你看，二叔到死都没有放弃。

回到学校，他比以往更努力，很快被老师宠着，被女生围着。程心佑是追他追得最厉害的女生，可林平山的心思全在演戏上。

在舞台上他脚步轻轻移动，水袖翻飞时，想到的是另一个自己躺在几百里外的棺木中安静地睡觉。他的眉眼上抬，棺木里的自己也眉眼上抬，他的喉咙传出旖旎的称呼"啊，姐姐——"棺木里的他也在轻轻呼唤，呼唤当初的女朋友的名字，"啊，小菊——"

平山特意去见过大西宅的小脚老太小菊，她身材矮小，满脸皱褶，倚靠在墙根看两只母鸡啄地上的米粒。他喊了她一声："小菊婶婶！"她纹丝不动，没听见，耳背。他怔怔的，心想，这是二叔曾经喜欢过的有藕节一样胳膊的小菊吗？

年轻时的小菊，一定鲜嫩得掐得出水。所有美的、青春的，都是这样惹人怜爱。

有一次，老师心血来潮让他扮演旦角。服装、头饰通通到位后，全场的人都敛声屏息，活脱脱一个妙龄女子，身材高挑，粉面桃花，云步、水袖绵延出万般思绪，水磨腔伴着笛声，竟是如此柔美！

"袅晴丝吹来闲庭院——"光这一句就足够有味道了，是百无聊赖中的浑身酥软，是江南细雨中的气若游丝。

抬头望镜中的女子扮相，林平山也着实吓了一跳。这是自己吗？好像是，又是另一个自己？太阴柔了，他不喜欢，他不喜欢自己太女人气，他需要自己具有刚性，再阳刚些，要气吞万里，要虎虎有神。

他扯下头饰，换掉服装，将搪瓷缸里满满一壶绿茶喝掉。程心佑到化妆间，约他去爬明城墙。明城墙适合晚上去爬，一轮明月，一群男女唱着歌儿拾级而上。程心佑说她妈妈做了不少点心，蒸饺、烧卖、小米糕，带了一箩筐，拿到城墙上分着吃。

林平山惦记着同玄镇的点心，萝卜丝饼、粢饭糕、酱瓜、山药糕……说："我老家的点心才有味道，比你们省城的好吃得多。可远水解不了近渴，到时凑合着吃吧。"俩人兴冲冲去了，等了半天不见其他人来爬，程心佑才羞答答告知："不用等了，他们不来，就我俩……一起看月亮。"

他俩背靠背坐在城墙上，那轮月亮不够丰盈，但迷蒙得很，林平山的脑海里又跳出二叔的话："那年年初，媒婆把她的照片送到家里时，我心里是一百个喜欢。都讲好了，等明年年末，等我从部队回来，就完婚。"

林平山的心一紧，二叔如果没有阵亡，娶了喜欢的女生该多好。

程心佑揪着城墙砖缝里的草，柔声说："我喜欢你很久了……"女追男，隔层纱，但要这样实实在在吐露出来也不容易。林平山回过身伸长胳膊，将程心佑搂在怀里，他想着，二叔终于把小菊姑娘搂住了。

一半虚幻，一半真实，他们在月光下开始缱绻，仿佛戏里的一对，白素贞与许仙，杜丽娘与柳梦梅，杨玉环与唐明皇，反正，愿意是哪一对，就哪一对好了。

4

林平山慢悠悠踱方步回到同玄镇平山工作室。

助理说："评弹书院的司老板上午十点来拜访过。见你人不在，又走了。"

平山没有追问，走了就走了，唱戏和唱评弹的都不着急，随缘。

另一屋子里有七八个孩子在咿呀练唱，童声娇柔中含着脆生生，像霜冻以后的萝卜，滋味特好。这些孩子跟了他两年，进步不少。

平山每两周回同玄镇一次，主要是惦念着古镇上的气息，苋菜馅儿的烧饼刚从炉子里取出，飘得整条胭脂街都是；河水哗哗地流，鱼儿跃出水面发出啪嗒声响；他闭着眼也能从街东走到街西，不会掉进河里，不会撞到哪块青石板。

教孩子唱昆曲，是政府资助工作室成立后的事，他也欢喜，言传身教，看孩子们晶亮亮的眼睛，看一双双肉嘟嘟的小手翘起兰花指，真是天生的喜感，倒让他忘记了很多烦人的俗事。

昆曲这艺术，说白了，要传承，不传承就会断了根，就会像浮萍，漂着漂着没了影踪。

程心佑多年前就改行了，她开服装公司，开化妆品店，她认为要赚就要赚女人和孩子的钱，赚得合情合理。程心佑自己就是衣架子，标准身材加标致面孔，公司形象大使，没得说。

　　程心佑枕边风吹过很多回："别唱了，没前途的，有多少听众啊！成天面对老头老太太皱巴巴的面孔，抖抖索索，哎哟，自己也变得酸腐气了。"

　　林平山不吱声。

　　他们家里的事一直都是程心佑在管理，该买个大一点的房子啦！该买一些基金理财啦！该给女儿上最好的公立小学啦！林平山不说话，只做自己的主——下一场他要全力以赴演好唐明皇，去感受他在马嵬坡无奈惶恐到极致的心情。一招一式，一呼一吸，一字一顿，都是人生面临崩坍的迹象。

　　"真是三拳头打不出一个闷屁！"程心佑气鼓鼓说道。恼怒之余索性不再跟他商量，加上她小姐妹也多，没事就一起到外头开心逍遥，经常玩到深夜回来，高跟鞋一只脱在大门口，一只甩到沙发上，倒头就睡。

　　林平山翻过身去，面对一面墙闭眼睡觉。他听见另外一个自己在棺木里说话："透过阴宅的窗户，我能隐隐约约看见院子里的泡桐树，树上有鸽子在扑动翅膀，忽然间全都飞起来，在水渠上盘旋。"

　　他从来没有和程心佑说起过二叔的事，她一定不感兴趣，而且会觉得他脑子出问题了。他也没有必要告诉她，

这是他自己的事，是他和另一个自己的事，他不想让任何
人介入。

"我舒舒服服地将我的手脚伸展开来，我用战争残留给
我的一只耳朵凝神听着，听窗外的风声、雨声、鸟啼声和
村人耕作时的闲谈声……光线在变化、四季在交替，通过
这比巴掌大一点的窗户我都能感知到。我并没有死去，我
的肉体还在，这表明我还能思想，能感知我所热爱的这块
土地上的一切生灵。"

二叔的棺木在平地之上，一米高的阴宅有窗没有门。

平山心想幸亏没有彻底埋在土下，否则哪有光线？他
小时候就最怕黑，黑咕隆咚，伸手不见五指的黑会把他
逼疯。

夫妻俩各自忙，一个忙生意，一个忙演出，孩子丢给
外公外婆，一家人团聚的时间很少，夫妻情分、亲子关系
也不是那么浓了。

好在回到同玄镇工作室，一接触这些孩子，林平山的
心绪就安静得很，不再想其他事情。

晚饭喝粥。林平山在工作室用文火慢慢熬，人站在旁
边，用勺子慢慢调，看粥渐趋黏稠。手上还拿着本书画，
读"扬州八怪"之一——高翔。

"匡床自在拥寒衾，卧听儿读妻织履"，林平山一字一字体会，多有市井生活气啊！浸润着丝丝凉意的清晨，妻子在窗下盈盈织布，勤学的儿子也借着晨光在院子里稚声稚气地诵读着功课，作为丈夫的高翔拥裹着被子，还在床上闭目养神。

古人真是惬意慵懒。林平山伸了伸腿，生活上的情态他已经不做奢求。

如今他在乎一个人的时光，工作室临河，开窗就是古运河，水声欸乃，还有船只经过，他泡好一壶茶，萧萧瑟瑟地看河水涌动，一寸寸里亮着光泽。

"平山兄！"远远就听得一声沙糠喉咙在叫唤——评弹书院老板司文育踏进门槛。

林平山赶紧起身相迎，这司文育也算是他远房表亲，虽然隔了几隔，但因为气味相投，每次回同玄镇俩人总要碰面叙旧。

司文育着中式棉袄，仍戴着那熟悉的金丝框眼镜，笑起来黄渍渍的牙齿一览无遗。烟酒俱全，他也不加节制，人生到这份儿上了，喜欢的，上！

"喝茶，喝茶！"林平山工作室最好的就是茶。

司文育说："奇怪哦，几年前鱼行街走来一个男人，奇高，奇瘦，戴眼镜，外八字，走起路来像刻着《金刚经》的一片竹简。不是本地人，也不像普通的游客，就好像是来找故事的。"

林平山说："几年前的事你还记得这么清楚啊！"

"问题是这个奇高奇瘦的男人老走进我梦里来，神神道道，说了一些听不懂的梵语，但他既不是印度人，也不是僧人，哎哟哟，害得我在迷糊中挣扎了很久，才勉强听懂最后一句：'乱烘烘你方唱罢我登场，反认他乡是故乡。'"

"你看——都是走火入魔，入戏太深！"林平山笑了。

老烟枪司文育忍不住又摸出根烟，对着窗户一边咳一边抽起来。

5

林平山喜欢和司文育清谈，一壶茶，能聊一晚上。这位隔了几隔的表兄比他大二十岁，见多识广，有些江湖气，但也不失艺人的直率。他几乎是同玄镇的老百晓、美食家，说到饶有兴致的地方，就起身带林平山去好好品一品尝一尝。

"去吃一碗李小娥状元馄饨如何？"

　　林平山印象最深的是好几年前的一个冬天，司文育兴冲冲带着他到一处天井院子，老板娘端出一碗鹅汤苋菜虾仁馅馄饨，那真叫入口香醇，别有一番滋味。林平山吃完一碗，感慨唏嘘了半天。

　　老板娘叫李小娥，姿色中等，夫妻俩从外地来，在同玄镇落脚打拼，丈夫的拿手菜就是做鹅，鹅头炸，鹅身油煎或腌蒸，熬鹅汤。

　　如今这全鹅宴可是同玄镇的最高接待规格。林平山第二次再去的时候发现，小小门店络绎不绝，仅有的一个包厢要 VIP 才能订到。

　　"这李小娥起家也不容易，最初是夜宵有名，开到凌晨两三点，后来名气传开来，聚了不少人脉资源，再兴起独一桌，那食客更是难求了。"

　　"老兄，评弹书院生意如何？"平山转头问司文育。

　　司文育停顿了下："难啊——喜欢安安静静喝茶听评弹的人越来越少，年轻人都喜欢咖啡店酒吧，同玄镇两边铺子生意最火爆的基本都是餐饮业。"

　　司文育说："五年前，曾经想有梅花之约，如今细想像是一场梦。梅花差不多这时节是开得最鲜妍，暗香也是最有魅力的，可惜，想要同去赏梅的人却天各一方。"

　　林平山晓得司文育惦记着萧岚，但也不清楚她去了哪里，好像上海没待多久又去了外地，再后来信息也断了。

　　他的女徒弟桂月辞职了，而有关她克夫的说法不胫而走，她渐渐也销声匿迹了。

　　司文育笑了笑说："唉，我的沙糠喉咙实在吃不消了，评弹书院索性请了一对夫妻档，五五分成，唱的有经典曲目，也有改良后的曲子，大多数客人是外行，点两曲《太湖美》《我的家乡在苏州》就算是领略评弹味道了。"

　　林平山五年前还在省城日日夜夜排练《牡丹亭》。为了挽救昆曲，改变它不死不活的现状，让它焕发青春活力，让更多的青年观众接受，林平山也是下足了功夫，当领导让他饰演柳梦梅，而且下任务要演出全新的柳梦梅时，他也默然应允了。

　　于是开始在花花草草间腾挪，将那一声"我嫡嫡亲亲的姐姐啊！"不知呼唤过多少回。偶尔，他的脑海会飞快地闪过那躺在棺木里的二叔，他也青春着，永远二十三岁，定格在那个时刻。

　　林平山在舞台上的表现完全凭直觉，一举手一投足都好看极了。行云流水，洋洋洒洒，别有韵律，连唱腔也独有他的味道。青春的忧愁的气息在升腾。他含情脉脉，两颊粉色，比杜丽娘还要柔情几倍，全场观众的心绪像茶叶在水中一样舒展开来。

"不如——我们再去吃碗李小娥馄饨？"

"嘴馋了？"

"是啊，难得回来，煞煞念！你看，我不抽烟，酒也难得喝一口，就这些念想了。"

"好！"司文育应得干脆。

俩人朗声笑着走向胭脂街深处，老远就看见红红绿绿的电子屏幕跳跃着"李小娥状元馄饨店"的招牌。司文育说："不瞒你说，我被梦中那个高瘦男人折磨得有些神经质了，我家的小赤佬司斌如今成天泡在同玄镇新开的夜总会，也不正正经经谈恋爱，和一个做拉皮条生意的女人混在一起，她叫什么？黄莺莺——"

"同玄镇何时开了夜总会？"

"哎哟，把镇上一批年轻人搞得五迷三道，这红灯区就堂而皇之地开在牌坊左拐的地方，正是应和了红尘中一二等富贵风流之地啊！"司文育拍着大腿戏谑道。

6

阳光普照，冰雪消融。稻桩露出来，参差不齐，镰刀收割的痕迹依然可见。凹陷处，仍有薄冰，清水流淌。麦苗湿漉漉、乱糟糟，从雪被中冒出头来，如顽皮的孩子疯玩疾步跑回到家时的状态。

树林间的风柔和地吹，林平山深吸一口，仿佛已闻到春天的气息。麻雀最噪，吵个没完。

他不想回省城，不想回形同虚设的家，那些事不好意思跟老爹说，就一直搁着没说，好像也不是特别要紧的事了，反正他也常年演出在外。

《牡丹亭》研磨精致后，受到各地的邀约，他去了台湾、香港、澳门一些大学演出。不知不觉，脚步越走越远，去年去了法国巴黎。巴黎的夜晚流淌着七叶树的味道，红色的花朵缀着绒毛飘得满大街都是。大剧院就在香榭丽舍大街上，身为柳梦梅的他再次像云气，像水波，像春天的柳枝柔情万种，吐气如丝，在明媚的阳光下袅娜、缭绕，与上天入地的杜丽娘生死相依。满场听者，全都被带入了美妙绝伦的昆曲意境。

全场的观众起立鼓掌，足足十分钟，他和搭档谢了好几次幕，才杀出重围去卸妆。是啊，舞台上生生死死有人恋，可真实的婚姻竟如此不堪一击。

4月份的巴黎还有些寒意，阳光还好，街边咖啡馆飘出了浓郁的香味，情侣一对对，热烈相拥亲吻的很多。林平山沿着塞纳河畔，走了很久很久，穿过卢森堡公园、先贤祠、卢浮宫、协和广场……他说服不了自己停下来，整整走了十五公里，直到静坐时感到双腿酸软无力。

就在巴黎的夜晚，他回想起儿时的若干片段，他大概五岁，记得母亲在水稻田边带着哭腔放声大喊，因为五分钟前一个村人告诉她："你那神经错乱的公公又带着你小儿子去墓地了，刚刚他还抓了一把鸡屎往脸上抹，估计是早上忘记吃药了。"

爷爷惊愕地站起身，神色恓惶，慌慌张张地扯了些朴树叶，对着平山说："喂你叔叔吃，他饿了，喂，赶快喂！"

母亲的叫喊声越来越近，爷爷抱着他像老鼠哧溜从柏树的罅隙中蹿出。

巴黎夜晚的梦中，他听见另一个自己在叹息："我感觉我身旁这圈柏树越长越起劲了，那强有力的根蔓延到周围的水稻田里，肆无忌惮地膨胀着、推挤着，层层叠叠，带着狂野的冲动向四面八方扩散。

"7月插秧季节，一提到要去墓地周围的水稻田插秧，村人们都面露难色，因为这些柏树根太粗壮太邪门了，一不小心就会扎破村人们的脚。他们互相推托，谁也不肯去那里插秧。我想可能他们并不是惧怕我这个死人，我有什么好害怕的呢？甚至有人怀疑棺材里本来就是空的，哪有什么死人啊？一炮弹轰炸下去，哪还能见什么人影？"

林平山被自己吓醒，起来喝了口水，酒店房间有很多面镜子，形成了特别诡异的场面，他看见了无数个自己在延伸，在交谈。他伸出一只手，慢慢反掌，手指再一个一个收拢，镜子里所有的他都伸出一只手，慢慢反掌，再一个一个手指收拢。

已经是凌晨，听得见路上的汽车声。一个人在轻盈的晨曦中唱起了咏叹调，法国人真是浪漫啊。他冲了个澡，最近两年不知道为什么总会早醒，醒来以后就是漫无边际地随想，为了遏制这种失眠状态，他也带本书，看后随便写些文字。

7

他问起过司文育，关于他二叔的事情，司文育含糊其词说不太清楚，二十世纪六十年代发生的事，早被世人淡忘，追问毫无意义，还是要随着时代潮流往前看。

他提醒平山："同玄镇的房价又涨了，从最初一个平方三千元涨到了一万元。你不是想在同玄镇养老吗？还不赶紧攒钱买房！"

林平山仍陷在一片苍茫中，像山脉在某处被云雾截断。

他接到了程心佑的电话，她说："趁早离了吧，明年五一我准备结婚，去香港住半年。"

林平山思忖了一下，说："好！"

司文育大概是听到了手机里程心佑说的话，惊愕了一下。

"做啥？"

"没什么，离了好，各自轻松。"林平山摊开两只手。

"也对。"

林平山和司文育告别后，又沿着同玄镇青石板转了一圈。他看见一个女孩在打井水，她的身体，侧面弯着，像一段完美的弧线，背部露出一块，若隐若现的，胸部因为用力而起伏着，圆滚饱满，散发着热乎乎青春的气息。

他吸了一下鼻子。他想要弄明白二叔的青春梦，旁人都不是太清楚细节，除非问老爹。老爹和二叔是双胞胎，自从二叔死在战场以后，老爹几乎避而不谈他亲兄弟。有什么好说的呢？过去的事，就让它彻底过去，这是老爹的哲学。

林平山大概晓得，很多年以前，夜色中的蚕豆花很香，有一艘船整整行进了一个月，终于停歇在同玄镇。同玄镇两面临水，犹如一只菱桶起伏荡漾着。船上装载着二叔的遗体。

二叔一直存在于这个世界。他甚至知道十年以后侄儿林平山的出生，林平山从娘胎里脚先出来，吓得接生婆一身冷汗。幸好，他哭声嘹亮，天生一副好嗓音。

莫非，他是替二叔还魂来的？和杜丽娘一样，死而复生。

林平山听着运河水拍打着石阶，走近一户破旧的老屋，何首乌的藤爬过墙。再跨进去，墙头摆放着农具，锄头、铁锨、铁耙，它们东倒西歪，柄部却光滑锃亮。

这些农具也许曾经挖过放二叔棺木的深坑。就在稻田中央，当棺木就要放入土中二叔将坠入一片无边的黑暗时，爷爷咆哮了，他死死地扒住棺材板，穷凶极恶，像一只非洲草原上的狮子伤感地哀号，他愤怒而绝望地尖叫着："你们都疯了？要把他推到泥土中，一世黑暗吗？你们的良心都给狗吃了？他还没成家，他需要的是宽敞的房子和一个女人！"

爷爷一跃而起，抢过铁锨，一阵蛮力，将四周的泥土填到深坑中。爷爷习武出身，会一些棍棒之术，臂力过人，又是在情绪失控中，谁敢阻拦？几番周折，太阳也热烘烘地变成一个野性的犄角动物，乱闯、乱撞、乱发脾气。正是爷爷的执拗，二叔拥有了平地上的阴宅。

林平山心想，还是爷爷有硬脾气，林家的人，都要学着点。

在舞台上，他其实更喜欢扮演雉尾生，表演翎子功时，不怒而威，双翎龙卷，傲然冲云霄，那才是真正的霸气和英武！一场戏下来，他经常大汗淋漓，但也是痛快之至！就如《小宴》一折戏中，他头戴紫金冠，饰演吕布，头上两根翎子不停晃动，人物复杂的心境也尽显无遗。

晃翎子，抖翎子，衔翎子，摆翎子，翻转，下腰，凌厉的动态之后，握住颤悠悠的翎子，让节奏舒缓下来。整场折子戏成了他的专场戏，他成了真正的英雄驰骋疆场，过着横刀立马的快意人生。

爽！

一个人的舞台，那一瞬间他也被自己感动得眼眶湿润，但很快就清醒理智过来。一个北京来的女生，闪着长睫毛，痴痴恋着他，他走到哪儿演出，她就跟到哪儿。要跟他合影加微信发信息。他没有做任何回应。九〇后的女生，懂些什么呢？能和他交流些什么呢？如果她能懂他的二叔，他就和她交往。这不是扯淡，一点也不荒唐。

程心佑总是讥诮他："一点也不会经营自己，更不要说这个家庭了。你看你也算是戏曲界名人，有一定的人脉资源，你想过用这些帮我把生意摊子铺得广一些、让咱们家里更殷实些吗？"

她用了个很书面化的词语——殷实，而且一本正经地表达出来，显得也像在演戏。林平山不发表意见，当然也不接话。

程心佑喜欢拥有更多物质的东西，钻石戒指、奢侈品包包、车子……走到哪儿都气场十足。时代变化得快，她也能改变思路紧跟潮流，否则她的服装生意怎么能做大做强呢？分店开了五六家，她最喜欢开着奔驰车去兜她散落在省城的各个分店。

林平山喜欢往同玄镇跑，喜欢听司文育随意拨弄小三弦。最难得的是明月之夜，喝茶之余，司文育手一挥，嘴一张，铿锵沙哑之音就出来了：

烈烈轰轰豹子头，披星戴月走荒丘。

孤单单奔往梁山去，野店荒村不敢投。

思往事，泪先流，恩恩怨怨记心头。

……

林平山随着调子脚尖点地，清水方砖地面发出"噗噗噗噗"的声响。临窗的运河水静默深流。

司文育也明显老相了，面颊消瘦，头发稀疏，发际线增高。英雄最怕气短，最怕暮年荒凉。

8

程心佑没有选择在家中和林平山约谈，而是挑了省城一处商城顶层的星巴克咖啡厅。林平山很少独自去市中心的繁华地段，似乎一到那区域，就呼吸急促，头上冷汗直冒，有高原缺氧的反应。他企图说服程心佑换个地方，最方便的就是家里，定心谈，不着急时间，谈不拢也可以再谈。

她不肯，大小姐脾气出来了，专横果断地说："就那里，明天下午三点。"

一路地铁拥挤，再乘着观光电梯扶摇直上，林平山一阵眩晕，整个城市笼在变了形的玻璃钟罩里，好不容易熬到顶层，他一脚跨出去，看见的是扭曲变形的动画片背景。

程心佑笑话他："哎哟，真是金贵，秀才晕机了！"

程心佑脸上酡红一片，醉眼飘飞，一人搅拌着咖啡，头歪过来。显然中午是喝了酒。

"备了薄酒等叔叔来，不由得心里就躁了。"她唱了《戏叔》中的一句，站起来，又一屁股坐在椅子上跷起二郎腿。

林平山没接话，晓得她在调笑，天生一副蛮横劲。她身体靠过来，热烘烘的，熟悉的香水味。

好，也是她主动要两个人好。离，也是她提出要离。

眩晕感慢慢褪去，林平山要了一杯热红茶，热气拂在脸上，他把她的手拨开，清清嗓子，好像说话之前一定要清嗓子才能正式发音。

"想好了吗？"林平山问。

她笑得很妩媚，继而酸酸楚楚地看了他一眼。到底是学戏出身，眼角眉梢都是表情。

"平山啊！想好了——孩子跟我，你飞来飞去要演出，照顾不了。放心，你这个爹，她总是认的，你那么好。"

他不说话。咖啡豆研磨机里的豆子在咯吱咯吱响。咖啡香味一波一波往外溢出。

他脑海里想的是《断桥》那出戏，白娘子在金山寺大战一场伤了元气，好不容易和小青逃到西湖，念及许仙难免伤怀，可埋怨归埋怨，一见到许仙，心里的气倒也消了大半，人在眼前，过去的不快也就抛到了脑后，所有的怀疑烟消云散。

剩下的，是永远的消停。

他拍拍她的肩膀，说："难为你，为我考虑这么多。"

她想去摸他的脸，他避开了。

她说："奇怪啊，这么多年，你好像一直没变，还是那么眉清目秀，清心寡欲。全世界都在变化，你还是一副老面孔，会吃亏的！"

林平山笑了，他看她的样子，既有十五年前的娇憨任性，也有十五年后的精明世故。明城墙上的青草还在，明月也还在，朗朗照着，他们要客客气气分手了。他搂了下她，公众场合，他很少这样亲热。香水味像只虫子顺着他的脊背往上爬，酥酥痒痒，那感觉维持了几秒钟。

她靠过来，抱住他，足足有五分钟不肯放手。他提醒她，说："这样，不太好吧？"这句话反而像催化剂，她抱得他更紧了，像当初在明城墙上相拥那般缠绵。是啊，明城墙上的月光一下子照了二十多年，大概也有些厌倦了。但是真要面临分手，她又心神不定想强留住什么的样子。

他弄不懂程心佑的意思，一直不太懂。两个人的关系中，她也永远占上风。她的喜，她的悲，都是她在表达。

她吐气如兰，伏在他耳边，说："平山，千万不要把我忘记。我晓得喜欢你的女人多得是，你可要擦亮眼睛好好挑。"

他看见服务员端着咖啡面无表情地从他身边走过，观光电梯一会儿打开，一会儿合拢。六十层的高楼，往下望去，是密密麻麻火柴盒子一样的建筑。他的二叔，躺在水稻田中央的阴宅里，与这儿相去甚远。

或者说，是他林平山，躺在人间棺木里，躺在那水稻田中央足足有四十年了。和程心佑的婚姻，是他的离魂记。婚姻终止，他也马上能够归位。

林平山见到司斌纯属意外，观光电梯下降到第五层的时候，上来两个年轻人，一个怼着一个，憋屈的那人戴着耳钉佝着背，好像随时要挨揍。林平山认真打量他们，发现那佝着背的年轻人的脸真是熟，使劲一想，脱口而出："司斌！"

司文育的儿子，有五六年没见了，没承想在这儿撞上了。

司斌被点名以后，反而不尴尬了，踮踮脚，晃晃肩，问："你谁啊？"

林平山温和一笑："林叔叔，经常和你父亲一起在评弹书院喝茶听戏。"

9

林平山被司斌鬼使神差地叫上了出租车，走了一程，也不知道去往什么地方。林平山不晓得司斌转什么念头，只见他涎着脸，满是讨好的样子。他想做什么呢？有意思。

林平山晓得司文育总嫌弃儿子不争气，小混混一个，从十几岁青春期开始晃到现在，痞相十足，正经事全无。对了，司文育还说他总泡在夜总会，和什么黄莺莺搅在一起——

司斌开口一个"林叔叔"，闭口一个"林叔叔"。他应该也晓得林叔叔是文艺圈的名人，同玄镇曾经把他演出的巨幅海报挂出过。

林平山问的话把自己都吓一跳："司斌，上哪儿？倒不如带我看看你老爸提起的黄莺莺——"

司斌乐啦，打趣说："我老爸瞎说，成天眼皮斜耷拉着，看外头穿旗袍的女人衩开得多高。哪有什么黄莺莺？要么他老情人是这个名字？"

林平山笑道："你们父子有得一拼。刚才电梯里那人是谁？为啥那副凶相？"

司斌并不接话，说："林叔叔，我记得你最喜欢吃李小娥状元馄饨，有一次你叫我到她店里买了一砂锅，我脚打滑差点把馄饨泼在路上。"

"是——"林平山掂量着司斌是个人精，一下子回忆起这些细节。

"这些年，你忙什么？在什么公司上班？"

司斌迟疑了下，想说又好像不太好意思。

林平山拍了拍他的肩膀，笑眯眯地说："自己人，不要紧，和林叔叔讲讲看。"

司斌立马换了副模样，哭丧着脸："我一直倒霉，到哪儿都待不长，谈了半年的女朋友要跟我分手。我老爸根本不管我，我回家两天，他就要拿棍子把我撵出去。他从来就没喜欢过我——我妈只知道在麻将桌上捋牌，根本也不管我的死活。"

"刚才电梯里那个，就是催我交房租的——我拿不出，只能拖一天是一天，他就一路盯着我。"

林平山知道司斌嘴里没多少真话，但还是假装信了，他想起他在巴黎香榭丽舍大街上看到的一个华裔女性，穿着一身衣裳很夺目：水红色的缎子旗袍，斜下角绣着几瓣秋海棠。他为什么会忽然记起这个陌生女人？因为她的衣裳和孤独。

林平山觉得司斌现在是抓住了他这根救命稻草，不管三七二十一，拖上出租车，去往哪里也不知道。他可以暂时帮他，不要紧，钱都是身外之物，他从来没有看重。

他一眼瞥过去发现司斌脸上的粉刺很重，好几处脓头被挤破了。

加了司斌微信，转给他六千元。林平山说："多回去帮你父亲打理打理书院，他一个人操心也够呛。"从出租车里出来，他拍拍裤腿上的灰，刚才司斌和他蹭得太紧。哑巴生煎的香味飘过来，他觉着饿了，一个人坐进去，吃了八只生煎，喝了一碗葱花清汤。然后沿着人行道走了大约三公里，脚有些酸。从此，彻底过一个人的生活，他想想也不错。

不会心乱，也不会心累。

没有人吵他。

也没有人叫他。

不，有一个，有一个另外的他在呼唤他。他躺在阴宅里，眼睛穿过柏树林、朴树群漫游，他看见夹竹桃在竞相开放，听到麻雀嘈杂的鸣叫，他睡了又醒，醒了又睡，分辨不清梦与现实。

10

不久，应波黑大使馆邀请，林平山随剧团到萨拉热窝演出昆曲《铁冠图》，这是一个传统剧目，又进行了新的整理改编。剧本写的是明末政权在李自成起义军的进逼之下，分崩离析，崇祯皇帝弑女别子，自尽煤山的故事。

林平山饰演崇祯皇帝，唱念做打，几折戏演下来，很累，但效果很好。

剧团领导也很满意，说接下来两天时间大家自由安排。

林平山一鼓作气，直接奔上黄堡，这是俯瞰萨拉热窝城市全景的最佳观景点。建于十八世纪的黄堡高踞山腰，几棵大树高耸，《瓦尔特保卫萨拉热窝》影片的经典镜头就是在这里拍摄的。正好，再晚去三分钟太阳就落山了——他站上黄堡制高点，视野寥廓苍茫，千万幢屋顶铺排，玫瑰霞色中染有灰蒙蒙的辽远。

他吸口气，按下快门。一个女孩，低眉侧身，长长的睫毛低垂，手腕上的文身带有浓郁的宗教色彩。黑色袍子将她的身影拉得修长。

第三天，他在悠远的穆斯林歌声中醒来。声音穿过黑暗，穿过梦境，直击他的心灵。他在混混沌沌间意识过来——萨拉热窝，他在萨拉热窝老城。浑厚的男中音，在夜色中弥散，歌声一唱三叹，诉说着古老，诉说着忧伤，诉说着古往今来的情感。

　　他明白，那是宣礼词，千万个穆斯林将被召唤起来做礼拜。

　　他睡不着了，摸黑拉开酒店窗帘，隐隐约约能瞧见前方一处墓碑林立。波黑战争中曾有二十多万人死亡，是距离人类较近的大规模局部战争，平民也跟着死伤无数。在这里墓地随处可见，远看以为白雪覆盖，走近瘆得慌，密密麻麻，有名字的没有名字的。乌鸦跳跃着，从一块到那一块，它的叫声依旧那么难听。

　　昨晚他经过的时候，沿鹅卵石路面一溜小跑，想尽快远离，却听到了墓地中孩子们追逐的嬉戏声，他们欢腾，气喘吁吁，脚上还绕着一只足球。

　　男孩子们瞳仁黑又大，在街头开展足球赛，一脚球，差点飞到他头上。男孩狡黠地笑了，忽然冒出来一声汉语："你好！"

　　他笑了。孩子们看惯了来自全世界来来往往的背包客，竟能准确判断他来自中国。

　　回到酒店附近，他默默地打量场前嬉戏的孩子、停栖在墓墩上的乌鸦、长椅上坐着闲聊的老者。两天下来，他已经熟悉了这样的气息和节奏。这是萨拉热窝的气息。忧伤里夹杂着恬静，全世界少有。

他特地再到墓地转了一圈，逝者 1971 年出生，1993 年被埋进地下，差不多和他是同龄人，却永远睡着了，一大片墓碑大都是这状况。

他的另一个自己——二叔，也永远定格在最青春的时候。杜丽娘也是，用死亡成全了青春和爱情。

他好像听见远在家乡的二叔在和他说话："可能又过了好几年，时间——对于我这个躺在阴宅里的人来说，已经变得毫无意义。我习惯了夜色的一片死寂，我不再怕黑。林中有鸟怪异的鸣叫，远处村庄传来的狗吠声，我都熟悉得不能再熟悉了。朴树周围又蹿出几棵叫不上名字的杂树，它们的枝干极壮，但枝叶薄脆，立在地面上，像一把笔直倒插的扫帚，风吹过时，枝叶乱颤，满树都是鸟，骚动不止。"

他不知道怎么去安慰二叔。二叔也不需要他的安慰，二叔喜欢和他在深夜对峙。

一整晚他没怎么睡着，想得太多。

他想，万一有一天他在异地消失了，会怎么样？

天色渐亮，远处山林间雾霭升腾。他又到老城区晃了一圈，中午就要随剧团的大巴车离开。瑟比利喷泉处鸽子狂多，有人说，这里战争频繁，太需要和平鸽来祈祷了。

飞机从萨拉热窝回上海途中，他做了一场梦。梦境中他成了二叔，二叔清晰记得，他年轻的遗体被送到同玄镇河湾的时候，接应他的是一连串的炮仗声。他说："接着是我母亲的号哭声。我的母亲是一个小脚老太，身材矮小，哭得几乎要晕厥过去。她冲在人群最前面，我的父亲默然跟在后面，他穿着深筒套鞋，上面沾满了河泥杂草，他已经在水渠边来回走了三个时辰。我的双胞胎兄弟，落在队伍最后，他沾满污渍的脸上淌着汗珠，他的军服还没脱下，看得出他刚从部队急匆匆赶回吊唁。去年我和他一起应征入伍，只不过他是工程兵，而我到了高射炮部队。"

11

一晃隔了三个月，司斌发来微信，说："林叔叔，救救我！"

林平山心一沉，不清楚这小子又出什么幺蛾子，他的话三分真七分假，但如果真是碰上了什么事，他也不能见死不救。

他问："怎么了？"

司斌隔了好几分钟发过来："想哄女朋友开心，想留住她，于是在手机上贷款。结果无力偿还，利息本金滚在一起，越滚越多，现在根本没有能力还款——我爸身体不好，刚体检说肺上有个肿瘤，我哪儿还敢再去惊吓他——"

林平山沉吟了片刻，发给对方："多少呢？"

"十五万。"

林平山也惊了一下，想到崇祯皇帝一人在煤山面对一棵枯树的情景，不止是惊吓的感觉，还有万念俱灰。轰隆隆，大厦倾塌，只能以死相告。

他怎么会滚到十五万呢？这个混小子莫非打定主意要从他林平山身上骗钱吗？还说他老爸司文育肺上有肿瘤？——司斌不至于拿这个瞎说八道呀。林平山想起那一夜司文育唱起《林冲夜奔》，苍老消瘦的面颊，隐隐有种不祥的预兆。他打了个寒战，心想，去一趟同玄镇，赶紧！

他恨不能扬起马鞭滴溜溜三秒钟赶到同玄镇，舞台上可以瞬间移位，现实里地铁转高铁两个小时。他给司斌先转了一万元，说："见面再聊。"

高铁疾驰，林平山瞅着一棵棵树往后倒退，不免苍凉之感一阵紧似一阵。偶尔会见树上的鸟巢，在夕阳里凝成一个个黑点。他想，人是多么孤独啊，他已经适应了这种孤独，孤独像一棵即将老去的树，孤独像一枚坠落的太阳。

他吸吸鼻子，宁愿司斌说的都是假话。

他欠了欠身，记起了一场梦，梦见一对旧夫妻。说是旧，因为曾经是夫妻。如今，陌路，但似乎仍有牵挂。男子才气太足，写意，抒情，写了诗拆开来拼也还是一首技压群芳的情诗。女子也有冠盖京华的风雅。

邻座一个小孩的哭声打断了林平山。哭声很让人烦躁，声嘶力竭，一车厢的人都皱起了眉。林平山忍着，快了，快到站了，他问司斌："你父亲现在哪里？"

司斌说："我来接你。我们一块儿去评弹书院。"

林平山回答得很干脆："不用！"

他习惯一个人走。他也有些情绪，不想被人看了去。前两天又在随便翻看白石一文的《我心中尚未崩坏的部分》，看了有一段时间，记忆有些模糊了，只觉得心中有怅然难以表述的东西。好像每个人都在寻找自己的生命之所，但到底在哪里安身呢？

他想起了某深海鱼类，在冰冷孤独、暗黑不见光的世界里，用自己脑壳上长出的触须微弱发光。

走了一截路，他停在同玄镇的牌坊前，凝视了片刻，好像他是第一次来到这里，很不真实。牌坊左拐过去是新开的量贩歌厅和嘉年华夜总会，红红绿绿的灯光渐次亮起，仿佛鳎鱼的目光，陌生而充满不解的修辞。

人生的境遇是给自己，还是给梦里？他记得司文育说过："奇怪哦，几年前鱼行街走来一个男人，奇高，奇瘦，戴眼镜，外八字，走起路来像一片竹简。不是本地人，也不像普通的游客，就好像是来找故事的。"

这个男子很有意思，虚虚实实，到底存不存在？林平山不禁冒出找他一找的念头，他或许就在同玄镇隐居着。可惜，鱼行街被拆迁了，原来整条街都是卖鱼的，鲢鱼、鲳鳊鱼、太湖白鱼、鲫鱼、青鱼……很远很远就闻得见鱼腥味。

程心佑讨厌吃鱼，更嫌弃鱼腥味。连同女儿也跟着挑剔，不肯吃鱼。鱼的味道多鲜美啊，他小时候在河湾中捕鱼，白鲢鱼尾巴一摇一摇仿佛在和他说话。女儿遗传他的基因不多，活脱脱程心佑的翻版，好胜心强，喜欢上台表演。他暗示过程心佑，在孩子培养方面，不用太功利性，不要太争抢荣誉，孩子心理压力过大会适得其反。程心佑嘴角牵起，不睬他，反正她有她的逻辑和原则。

12

林平山想十几年前他是评弹书院听得起劲的一个，拼命鼓掌。饮酒、喝茶、听评弹，圈子里的朋友都喜欢这样玩。此时宾主皆欢，听娇滴滴的嗓音诉说崔莺莺在后花园的缱绻，游廊曲径，海棠花眠，或者慨叹八十万禁军教头林冲英雄末路，悲恨满腔，枪挑葫芦，雪珠飞溅。花气袭身，一屋子人在听觉艺术中的想象空间里游走，虚的画面，实的情感，碰撞在一起，云到深处。

司老板有个雅气的名字，文育。书院里一张巨幅照是他四十岁出头拍的，金丝眼镜，脸庞清秀，着水蓝色长衫。深情，专注。他喝一碗张师傅的肠肺汤，嗓子会格外亮，张师傅的肠肺汤，是同玄镇的一绝。

那时，林平山对着司文育说道："这照片，发白了，该换一张了。"

"嗯。"他答。一晃十多个年头了。

林平山踏进书院时，喊了一声："司老板——"

司文育迎出来，确实面容憔悴，和几个月前见的仿佛换了个人。黑，而且瘦。司文育颇有些意外，不知道林平山哪里得了消息急匆匆赶来。

林平山说："兄长，身体要保重啊！"

司文育咳嗽加重了，没说上几句话，便咳得前后起伏。他苦笑了声："幸好发现得早，中期。"

林平山愕然，比他猜想的要糟糕得多："那得赶紧医治啊！"

"联系了医院，排队动刀子的人一连串，再过三天手术。"

林平山问："怎么会变成这样？"

司文育叹了一口气，说："实不相瞒，书院生意越来越差，根本没有多少人来听评弹，房租涨价涨得厉害。同玄镇整个古街霓虹灯乱闪日日夜夜闹哄哄，我是经常整晚整晚睡不着——"

林平山问："司斌和你老婆一点都不管吗？"

"我这老婆，几十年了在麻将桌上捋牌，你也不是不清楚，最多管只狗，跟在她屁股后面颠摇尾巴。司斌，就是个败家子——唉，一言难尽啊！"

林平山心一紧，看来司斌真的是把他老爹逼到绝路了。他继续听司文育说："这个小贼，欠了一屁股债，这个女人，那个女人，全为了夜总会来的外地女人——拆东墙补西墙，什么信用卡、微信贷、花呗，花钱时豪爽，好像千万亿万富翁一样，实际上瘪三一个，他就是来坑死老爹的——"

"司斌人呢？"

司文育说："中午还在，不晓得现在又野到哪里去了。"

林平山岔开话题，问是否又梦见过那奇高奇瘦的男人。司文育灰头土脸地摇摇头，说："整晚都睡不着，还做什么梦？"

"我倒是要托老兄一件事情，评弹书院，无论如何要撑下去，我想了很久——我的女徒弟，桂月，不知去了何处，倘若她回来，由她接管最好。萧岚，算不上我徒弟，但这姑娘心明眼亮，沉静、娴雅，能担当大事。去过上海的人，不清楚是否看得起我这方寸地，唉，唉——"

林平山频频点头，看花窗漏影，内心不觉有些凄然，也不好表露太多，只是安慰司文育说："想多了，想多了，小手术，养两个月，你又会神采奕奕。桂月和萧岚，我会花时间打听一下，各自在忙些什么，看看能否挤出时间回来帮你。"

去卫生间的时候，林平山给司斌发了微信，居然没有回复。

俩人喝了一下茶，书院里浮着一层朦胧雾气，原来是运河水面上笼起的，一直飘过来。可惜，世人大多不会领略。运河对岸，是新建的文化产业街，基本以酒吧为主，音乐震天响。林平山联系了主刀医生，恰巧是他省政协会议一个小组的成员。

司文育说："去年，我去看过'香香调'的传承人。她住在护理院，躺在病床上，每天吸氧，子女偶尔来看望一下……房间里弥漫着霉味，靠墙放的暖水瓶把柄上写着几个歪歪斜斜的字：王月香。

"老人的眼泡很重，几乎不睁眼说话了。后来嘟囔出一句话：'没有多少时间了，晚上总也睡不着，一直心惊肉跳，像触电一样，快了——我最伤心的是艺术问题，竟没有人来整理研究，我两眼一闭撒手归天，那就是'香香调'要真正短命了。"

林平山静静地听他说。

"我记得，她当时还说：'我心中那个忧愁、急啊！这些搞文化的人，有几个真正懂评弹、真正知道艺术抢救和传承呢？'好了，上个月王月香走了，去世了，'香香调'也从此灭绝了。"

窗外是喑哑的水流声。

13

夏天的雨，随着屋檐下坠，变成雨帘。

上午，给孩子们上完一节昆曲课，林平山隐约听见鸡叫，遥远的往事浮现出来。多年前，巷子里还有人卖杏花，风也不狂，雨也不大，"细雨梦回鸡塞远"的味道。

鱼行街拆了，单剩竹行街。竹行街上有一个憨小伙，三十岁了，裤子还总落到脚跟旁，连老婆子都不免臊他几句。一次，游客的照相机掉到河里，憨小伙忙前忙后地拿竹竿帮忙捞。老婆子说："你出了卵下去摸，人家准会给你一百大洋！"他跺脚假装生气，躲在树后半天不露面。

林平山倒是喜欢这个憨小伙，质朴单纯。比起司斌，要超过千百倍。后来林平山发了几个微信给司斌，都没回。他是真生气了，搞什么鬼！

好久没有和二叔对话了——二叔一定寂寞孤单。他要回村子里去！去水稻田看看，说走就走。

二叔和他抱怨过："我很茫然，我忽然发现，外面的世界开始变得奇怪和陌生，田里很难见得着青壮年，好像他们不屑于干农活，一个个忙得很，有的围湖养蟹，有的跑业务推销产品，还有的开厂发财了到处乱搞女人。我不会始乱终弃，说实话，如果我不上战场，没有成为炮弹对准的目标，我会把小菊捧在手心、含在嘴里，让她好好享受做女人的乐趣。可是说这些有什么用呢？我的思维已经跟不上多变的时代了。

"天空多么辽阔，延伸得又那么遥远，我听见鸽子的'咕咕'声，我想念我的老爹了。"

他脚步加快，天空青灰色一片，云团像长了脚一样迅速向柏树林靠拢，要下雨了！

"我是醒着还是睡了？我怎么了？"

雨点噼里啪啦，浩浩荡荡从天而降。柏树林里水雾升腾，缭绕成幻境，好像有一股神秘的力量在交融。

林平山不得不停住脚步，雨势实在太大了。

他急匆匆想走回头路，就近找屋檐避雨，但田间路曲曲折折，一时也迷糊了。沟沟岔岔转了不知多少个弯，竟到了小西宅。小西宅的雨不大，有的屋子还是干爽爽的，真是奇了怪了。

林平山瞅见一个老太太，缩在墙边上，缩得像只三黄鸡："小菊婶婶！"

是她，但她没有回音。林平山再一细看，老人家一只眼瞎了，另一只似患有白内障。她手上抓着一根拐杖，抖抖索索，一踮一踮地往前面画圈。

一阵心酸，林平山扶住她。几年前她就得了老年痴呆症，谁也想不起来，更何况四十年前的往事？

四十年前，小菊得知二叔的死讯，踩着脚经过柴房时，看见了一瓶敌敌畏，顺手就往嘴巴里倒，咕噜咕噜几口下去，抢救虽然还算及时，却落下了一条瘸腿。

林平山听见二叔在呼唤："我每天都在盼望！盼望小菊能来看看我，我还健在，我的身躯，我的骨骼，一点都没变。我能闻到院子里不断向外溢出的泡桐香味，我能看到一串串浅紫色的泡桐花在摇晃，——你看，我没有死，我还醒着，想着！"

雨基本上消停了。林平山向远处的水稻田眺望，两只白鹭前后相随飞翔着，一会儿停歇在木桩上，一会儿铆足劲向高处起飞。真是美好的画面啊！林平山嘴角牵了一下，往事早被埋葬，唯独他还念叨着，他替二叔会见了小菊婶婶，也算是替二叔了了一个心愿。

14

"哎哟，向着天空拜一拜呀，别想不开，老天自有安排，老天爱笨小孩！"林平山只听司斌唱得声嘶力竭。

林平山恨不得雪中舞枪，用枪尖挑小贼的鼻梁。

果然，嘉年华夜总会包厢里，司斌左右各一个女人，嗲声嗲气地要往他嘴里塞什么。台面上放满了啤酒和骰子，司斌油头粉面，完全不是瘪三腔，和两个差不多年龄的男子一起叼着烟吞云吐雾。

"林总！林总！"司斌眼尖，一个激灵，跳起来装模作样地紧握林平山的手，说，"林总，我们同玄镇文化界的大名人，什么风把您给吹来了！"

林平山不睬他，拽着他的手往外走。还未到大门口，两个保安和一个年纪较大的女子出现了。女人说："司老板，不能不声不响走了呀！"

"莺姐，我林叔来了，林总，曲艺界大名人，上过中央电视台，出过国，他就想和我找个安静的地方说说话。"

女人一步三摇，脸上不知涂了多少层粉。林平山心想，传说中的黄莺莺吗？这名字真是被糟蹋了。他沉着脸问："哪里结账？"

刷好钱他一把拎起司斌颈皮，将他拖往评弹书院。林平山一心想要教训这个不孝不义的浑小子，顾不得旁人惊诧的目光，一口气直抵目的地。

"林叔，我……"司斌早吓得身体似筛糠，"我也不得已，不知道该怎么办，莺姐一发微信，我就忍不住往那里去，在那里，我才感觉我还是个男人，是个爷们儿！"

"莺姐个屁！就是一群吸血鬼！"林平山喘着气忍不住骂了粗话。

"你还爷们儿！爷们儿个屁！孬包一个！他们合起来敲诈你钱，把你父亲的产业挥霍掉，你还谢他们？脑子进水了？"

"看看你父亲，马上要动手术，你在操心吗？在张罗吗？你还是不是人？"

司斌眼泪鼻涕一把，林平山不管他，他把要骂的话要讲的道理趁今天这个当口一句句实实在在地甩出来。是的，以前他从来没有为自己的家事咆哮，如今却是挡不住的怒火要发泄。

"到处借钱，坑蒙拐骗，这是什么行为？人渣！蛀虫！"

司斌瘫成了一坨泥，灰头土脸的。

林平山这时比演了一出《铁冠图》还要累，身心俱疲，他整了整衣裳说："说到底，我是外人，管不了你的家事，但实在看不下去了，你要眼睁睁看着你父亲被你作死吗？赶紧，去好好照顾你老爹！"

巷子地上黏湿湿的，微微反着污水光，踩在上面好滑。

回到工作室，开窗，吹风。林平山仍是气咻咻的。窗外一片暗灰色，雾气很大。他怔怔地想了很久，想到司文育提起的桂月和萧岚，要想找到她们应该问题不大，但人各有道路，是否愿意回来挑起评弹书院的担子这真的说不准。

　　林平山叹了一口气，恰巧程心佑来电话，自从正式离婚后他们之间反而更贴心了，她叮嘱他，吃喝作息要正常，遇见合适的要主动去谈，她邀请他在女儿放暑假的时候去香港住一周。诸如此类。林平山就轻声"嗯"。

　　有时动情了，她还会跟一句："你总是我亲人，分不开的，女儿就是维系我们关系的亲情线。"

　　"是吧。"他想也应该是的。

　　果然，她又来叮嘱："再过一个月就要放暑假了，女儿惦记着亲爹，平山，你无论如何要请好假，陪她去迪士尼乐园、海洋公园到处走走！"

　　林平山看日程安排，七八月份是演出旺季，只能临时挤时间出来。手机里程心佑的声音有些热烈，像小男孩手上玩的划炮，点燃后发出"嘶嘶"响声。小时候的林平山玩划炮最淡定，总是要等到划炮烧到最后一截时才将它甩得远远的。她的声音里还有一丝慵懒的渴望，不明所以的，唉……他挂了手机，还是找一本书读。

15

　　七八月份果真是忙得不可开交。悉尼、东京、纽约、维也纳……不同地点他饰演不同人物，柳梦梅、张生、唐明皇、崇祯皇帝……每一场下来，都挥汗如雨。林平山想，人生真是奇怪，各种角色，他都要深入进去感受他的悲欢离合。

8月份还有五六天的时间，总算没有再安排演出，他答应程心佑去香港一趟陪女儿。还没出发，他接到父亲的电话，火急火燎，事情很重要，但又说不清楚，只反复说："儿子，你得回来，赶快回来！"

林平山问他什么事情，他喉咙口哽得厉害，"嘘——嘘"声中只分辨出"水稻田"三个字。

"水稻田怎么了？"

父亲毕竟老了，老得讲不清完整的话，又冒出两个字"征用"。

"征用？二叔那片柏树林呢？"林平山第一反应是这个。

"明天得签字。"父亲说，"你要回来！"

林平山说："好！"当夜他就乘车回同玄镇。小镇披着一层雾气，但和儿时的雾气不尽相同，确切些讲，是霾。空气里浮尘飘荡。他忽然想起来初中农忙时节随父亲插秧的场景。父亲挽起裤管，踩着泥土，袖子捋得老高，手不停忙活着，解秧、分秧、插秧。一个半导体收音机躺在木

桶里，放着评弹《庵堂认母》。木桶漂浮在脚跟旁，两三排
秧插好，往前走一大步，顺势用手推一下木桶，继续舒舒
服服听段子：

> 世间哪个没娘亲？
>
> 可怜我却是个伶仃孤苦人。
>
> 若不是一首血诗我亲眼见，
>
> 竟将养母当亲生，
>
> 十六年做了梦中人。

林平山唏嘘了一下。谁还不是梦中人？只不过有人觉
醒得早，有人觉醒得晚。

果然，村子附近的水稻田全都被政府征用，因为要造
一条高速公路。城镇化发展日益加速，修路是最关键的一
项内容。乡镇干部拿着红头文件挨家挨户向老百姓宣传并
签字落实。

"柏树林呢？"

乡镇干部毫不迟疑地回答："不可能再保留，一起征
用，三天以后工程启动。"

雨泼泼洒洒，下得毫无章法。林平山一个人冒雨前行，

说实话，他根本不想签字，但又不得不签。这个纠缠了他四十年的另一个自我要何去何从？

一想到这，林平山头皮一阵又一阵发麻，疼痛感也一阵紧似一阵。

他坐在湿透了的木桩上，时间的概念不再存在，好像把自己抛到一口井里边，身子不停往下坠啊坠啊。

他的疼痛中心还在往外扩散，带有血腥的气泡在喉咙里升腾。

一只蟾蜍，鼓着眼睛，发出"咕咕咕"的声响，他凝神听，不，好像是二叔在说话：

"重见天日！重见天日！可能所有人都会惊愕得睁大眼睛，重新看我。我闭着眼睛，热泪盈眶，我没料到还会有今天这一幕，我的父老乡亲会重新意识到：我还活生生地存在着！我生活在他们周围，感受岁月的流逝，从来没有离开过。我太激动了！我要和我的同胞兄弟紧紧拥抱，一起坐到散发着淡淡清香的泡桐树下，点根烟，然后慢慢聊。我的小菊，哦！她肯定羞怯地站在队伍最后……"

见面时到底会是怎样的状况？林平山无法想象，他知道二叔会被拖去火化，永远消失。而他内心的另一个自己，也将彻底被剁除，不留一点痕迹。

乡镇领导说，民政局那边已经联系了殡仪馆，会派车来，骨灰统一安放在烈士陵园，他应该被更多的人怀念追悼。

从此没有水稻田，没有柏树林，取而代之的是一条笔直的高速公路，汽车疾驰而过。

雨水轻声落在灌木丛里，植物的气息笼罩四野。光线越来越稀疏，林平山回头一望再望，像是一个充满依恋的爱人伤心告别。

挥手之间，他走起了云步，甩起了水袖，"梦回莺啭，乱煞年光遍……"一番吟唱之后，似乎所有的离愁别恨，所有的哀怨情思，都在天地之间一笔勾销了。

16

棺木中的二叔，应该还是二十多岁的样子，身上盖着军大衣。

林平山最终没有和二叔打照面，签好字以后就回了上海，然后急匆匆赶往香港。他想象了无数种和二叔见面的可能，都被自己否定了。

三年后，林平山在昆曲梅花少年班发现一个男孩，脸庞周正，眼睛闪亮有光，咬字沉着有力，声音刚柔相济，尤其是清唱的时候，一会儿如云端鸟雀飞扬，一会儿如海底暗流激荡。

听男孩落落大方唱完一段，林平山有了不一样的感觉。

卷三

山月照

1

古琴师小何，字君华，名字取得好，有气韵。问其年纪，自己也恍惚，廿一廿二，还是廿三廿四，都无关紧要了。只记得生日是在腊八节，祭祀祖先和神灵的日子。君华是重庆人，在同玄镇好几年，学弹古琴、学吹箫，学唱昆曲，两个月练会了一句唱词。

君华弹琴，着玄色中式上衣，千层底布鞋，正襟危坐，神色悯然。指尖铿然有力，右手弹拨，左手抚弦，疾速之处快而不乱，徐缓之处慢而不断。《流水》《渔樵问答》，似在山林野外徘徊，又疑在潺潺溪涧逗留。拂过清风，风呈波浪之相。越过阡陌，明月相照。

萧岚和君华是师姐弟关系。谁大谁小还真不清楚，但先入师门为大，萧岚喜欢用长姐的眼神看他，君华被她一看脸上就羞红一片，讷讷的说不清楚什么。

君华受不了琴馆老板的商人气，辞职了。平日晃晃荡荡，就连坐公交车，也会下错站，没有时间观念。

萧岚笑他，说："你将来如何是好？过怎样的生活，娶怎样的老婆？"

君华腼腆地说："我的老婆必定和我一样是糊里糊涂的人，不必过分弄明白生活。"

萧岚又笑他说："一对糊涂人，糊里糊涂拜天地。"

君华辩解说："当然啦，她最好是一个村妇，懂我就行。"

一年后君华不辞而别，跑到山脚下跟老师傅学做古琴，终日伐木丁丁。

再过一年后，萧岚拨打君华的手机号码，成了空号。抽空跑过去问了他师傅，才知道他去了浙江，在山坳里，自己开始制作古琴。重新联系上，他说在浙江桐乡，一个偏僻的山村，青山绿水，还果真娶了一个当地的村妇。

何君华成了斫琴师。斫琴师，这可不是普通的工匠，是音乐家，也是艺术家，他决定着古琴的琴音和琴品。当然，要成为好的斫琴师，需要艺术天分和常年的修为与坚持。

萧岚心想，君华做古琴，一定不是冲着钱去的，他天生爱好这些。

君华住在当地村民简陋的平屋里，那房子曾经豢养过猪啊羊啊，土壤显得特别肥沃。在君华睡觉的床头处，钻出了几朵紫色的牵牛花，如一抹抹微笑，对着皓月边上的星星示意。

不吃荤，几乎不饮酒。山野宁谧，淡墨溪涧里小鱼一尾一尾游过。给古琴的弦校音，成了很简单的事。

萧岚好几年没有见君华师弟了，想约他到上海坐坐，然后一起到同玄镇看望师傅。最重要的是她要带他去博物馆看一张琴，一张战国时出土的古琴。

萧岚第一眼看到这张琴的时候就怔住了。

琴身形似平底独木船，为秋枫类整木斫制，木质坚硬。面板无存，首部方形，凿刻有长方形弦槽。琴身髹黑漆，剥落严重，仅首尾留存。

她迎面嗅到了战国时的气息。无琴弦，无面板，但分明又听到无数名曲从这古琴中流淌出。古穆而幽微，清冽而苍茫，亮中带着晦暗，幽暗的色调带来宇宙般深远广大的背景。

一张古琴，独占一个展厅。没有其他观赏者，只有她。她徘徊良久，好琴。她想念山坳里做古琴的师弟了，也想请他来分辨一下当今良莠不齐的古琴市场。

2

　　萧岚的工作室在最热闹的上海徐汇区，她自己付不起昂贵的房租，是一个文化公司的老总特聘她过去的，教人弹弹古琴，参加一些雅集。开始萧岚也是掂量了很久，犹豫着不想去。

　　文化公司老总姓潘，台湾人，面白红润，说话糯，手上兰花指一翘一翘。强调不用她周旋生意场上的俗事，时间大多数自由，基本可以按照她的性情教学。萧岚微微点了下头，也算应允了。

　　萧岚推开窗户，给自己斟上一杯凤凰单枞。潮州老家的茶，幽幽香味从白瓷杯中跃出，想起小时候在山间茶树下玩耍。人生很多事是意想不到的，本科学的是地理专业，毕业后却痴迷传统文化，人也到处跑，西藏、贵州……一个人背井离乡，享受孤独境况。

　　恰巧潘总在同玄镇购置了一幢别墅作为会所，装修得古色古香。偶尔也让司机来接萧岚同去，给客人弹琴，吹箫，展示茶道。萧岚都能露一手，她不多说什么，静静地做，沉浸于自己的世界里，如入无人之境。也不细瞧观者，他们的面孔是模糊的，像玻璃被雨打湿了一样漫漶不清，她甚至不多说一句话，完事后礼貌告辞，独留一股隐逸之气。

她要趁此去看看朋友陈家洛。陈家洛的云川古旧书店仍开着，不少书蒙着厚厚一层灰。他对萧岚说："我的堂弟，从日本京都回来寻亲的堂弟陈良运和我接上了头。"

感觉像地下党接头，这事也蹊跷，大家都晓得陈家洛出身没落书香世家，太爷是同玄镇上的举人老爷。突然冒出来一个堂弟，而且手上捏着民国时候的老照片。陈家洛仔细辨认，果然照片最中间的是老太爷，他依稀还有印象，照片上他的父亲只有四五岁的模样，被老太爷抱在膝盖上。

堂弟是大伯家的小儿子。到底是骨血亲，半小时不到，兄弟俩就无话不谈。

陈良运漂洋过海来到同玄镇，对故乡的一切充满好奇，评弹、茶道、古琴、美食……他看上去比陈家洛更有飘逸之气，五官也更有轮廓，更见神采。

萧岚初见陈良运，内心也忍不住涌动小小的欢喜，女孩子家不便表露，于是不动神色和他清风明月地聊日式茶道。他懂一些，谦虚，得体，会露出迷人的微笑，右面脸颊旋出一个酒窝。

　　天气很好，陈良运提出去不远处的三茅峰。陈家洛的腿那几日有疾，不方便，索性让萧岚陪了同去。群山蜿蜒几十公里，萧岚的暖水瓶中还带着中药，她喜欢这样的味道，喜欢一切随意的出行，如张旭的狂草《肚痛帖》，急骤率性而成。

　　三茅峰顶端有个寺庙，大雄宝殿的绿色蒲垫上，绣着亭亭而立的一株株荷花，粉嫩的莲瓣，深红的韵。光线绕过屋檐穿过窗棂，大殿中竟无一僧人，他们全都在隔壁做法事，只剩药师佛和日光、月光菩萨沉静地看着萧岚和陈良运。

　　水缸中的睡莲，懒懒的，浅浅的，伸了个腰，倏忽又睡去，做着一团紫褐色的梦。依山而筑的殿宇，自有一番恢宏气势。

　　斋堂里有婆婆们的言语声，很有野趣。一声高，一声低。笑声也是一团团，谈论着婚丧嫁娶。

　　打板子，吃晚饭。有僧人邀请他们一起用膳。陈良运很爽快地答应，他捧起饭碗吃得干干净净，不敢有一点浪费。

　　临走时，他对萧岚说："你看这里灶台真大啊，冬瓜葫芦滚在墙角。在这儿，执帚扫地，担水砍柴，都成为修行妙道。好地方啊，喜欢喜欢！下次你再陪我同来行吗？"

萧岚含笑踩着轻盈的步伐下山。山路弯曲，却并不觉得累。陈良运是一个懂生活情致的人，他走走停停，在溪水边，在小桥上，在野花丛……俩人会心照不宣地放慢脚步驻足欣赏，话不多，但句句都能暗合上。

3

她没去过京都，陈良运说京都很安静，安静得能听见水滴下来的声音。他试探性地做了个邀请："要不，下次同去？"萧岚没有立即回答。

萧岚不想这么快下定论，她难得对一个男人动心，以前和陈家洛在一起，纯粹是君子之交，且陈家洛长她十多岁，她从没往那方面想过。这陈良运不一样，他说话的气息，他笑起来的样子，还有些调皮的小动作，譬如拊掌，手撑着下巴，很有意思。恰巧还没家室，喜欢四处游走，这次到中国来寻亲，也是率性而为。父亲过世得早，母亲是日本女人。萧岚对他的身世颇感好奇，他就说了，母亲是京都大学的教授，研究文学。

萧岚心想，怪不得他身上书卷气很浓，原是家教好。

一个日本女人，在大学校园穿梭，回家陪伴调教小儿，不容易。萧岚的脑海中忍不住出现一个画面：樱花开得烂漫，女教授行色匆匆。萧岚教人弹古琴，学员也称她老师，此老师和彼老师，区别大得很。萧岚没有再追问下去，轻微叹息了一声。忽然觉得这样异国恋下去的可能很渺茫，谁知道未来人生呢？

想那么多干什么？她又给自己释怀，尤其是被陈良运抱在怀里亲了一下的时候，萧岚全身像朵花一样舒展开来，是种从来没有过的感觉。回想两人一起爬三茅峰的那个下午，好像感悟很大，那是一座佛山，处处有禅机。满目的竹林，俩人聊到唐代诗人王维，聊他独坐幽篁里。俩人一起吃素油、香菇、冬笋，都是难得的好味。萧岚想，还奢望什么，人生无非就是一个过程。

她给师弟何君华发了个微信，问他有空来上海吗？有空来看看她新交的男朋友吗？有空一起去同玄镇看那张古琴吗？

何君华没有回她微信。他经常会人间蒸发，有时三个月，有时一年。萧岚习惯了他这样，想起当年他噘着厚嘴唇学吹洞箫的模样，忍不住笑出声来。傻气里有种憨气。君华是她最喜欢的师弟。

既然没有回复，她也不刻意再催问。好吧，和陈良运约了个时间，两人先去博物馆看古琴。

工作日博物馆里静悄悄的，几乎没有人。这个博物馆新建成一年，随着文化产业的推动，同玄镇作为江南吴文化的发源地，越来越得到重视。三年前不远处的澄湖抽干后，淤泥里发现不少陶罐，专家们过来一看，竟是南宋时期抗金英雄韩世忠带兵打仗时用的水罐。萧岚踮着脚尖在人群里观望，啊，一只只罐子，从泥浆中清洗出来，对耳齐全，纹路里浸着岁月，也有不少已经残破。如今，它们被放置在玻璃展柜中，静默着，又好像开口和萧岚说着什么。萧岚一路走一路讲解，陈良运听得入神。

脚步轻移，来到古琴藏品前，不知为什么，萧岚胸口"咚"一下。第二次看这张战国古琴，她和陈良运在一起。古琴没有名字，孤独似在湖里任意漂荡的一艘船，要去向何方，谁也不知道。暗沉的漆面，像有满腹的心事要倾诉。

"独琴于室，无人无响，正所谓大音希声。"陈良运忽然说了一句。

萧岚心中暗许。这张古琴很可能就是当年吴国人斫制，那个人在山林里寻找秋枫木的时候，应该没有料想到，这木头会穿越两千多年来到现世。博物馆领导说要仿照这张琴的模样斫制一把，萧岚心想，让君华来吧，君华可以。君华也许就是两千多年前在山里到处转悠寻找秋枫木的人。

4

潘总收了不少老琴。有的是从香港买回，有的辗转从澳洲拍卖市场收回，一张老琴一个故事。有一张请专家鉴定了很长时间，有人说是宋琴，有人说是唐琴，金徽玉轸，紫檀岳尾。他收藏的琴放在会馆中，供客人欣赏，略微懂行的人啧啧赞叹之余，会恳求琴师抚琴一曲，享享耳福。

萧岚沉吟片刻，通常弹《碧涧流泉》《春晓吟》，都和春天有关。萧岚弹的时候眼前是和陈良运山间游走的场景，春风拂面，曲水吟咏，山色碧漫，她状态越发好了，神情洒脱，曲意深长。

潘总在会馆转两圈，不动声色，十分满意。

是满意收来的琴，萧岚的演奏，还是客人们艳羡的眼光，这就不太清楚了。收藏家可能多少有些恋物癖，想占有最好的。

他生意其实做得大得很，萧岚后来才知道，潘总还做丝绸，做房产，不知从什么时候开始，搜集古琴成了他的爱好，不惜钱财不计成本搜罗老琴，这一张张琴也就汇集于此。萧岚总是觉得可惜，琴有生命气息，被锁在此处，多可惜啊，它们应该被更赏识古琴的人拥有，琴人合一，才是最高境界。倘若潘总死了，这一张张琴又会沦落到哪个角落，明珠蒙尘，实在是让爱琴的人心疼。

萧岚对潘总不做太多评价，见面的机会也少。她见他挺着肚腩踱步，带来的女人形形色色。女人有老的，有年轻的，有披金戴银手上戴满戒指的，也有风摆柳一样身材极佳的。偶尔也会来个大师级别的，前后三五人簇拥着。不晓得在搞什么名堂。萧岚不爱打听，这些和她都没关系。

陈良运跟着她去了趟潘总会馆，想一睹萧岚弹奏老琴的模样。萧岚心里有一段话想和陈良运说，说什么呢？这些话在她睡觉前反反复复涌出来："那天我们在斋堂吃饭时，我笑，满眼全是笑，仿佛看着便也满足。你的神态，你的动作，我们像是两小无猜，没有芥蒂。"但平白无故地这样说，显得太傻气了。萧岚心想就化在琴声里吧，古有司马相如一曲《凤求凰》打动卓文君的芳心，现在她的情思也都放进古琴中了。

潘总看见陈良运，倒像是遇到了一贴膏药，被吸得牢牢的。

会馆水流的声音淙淙铮铮，几尾红鲤鱼游得自在。萧岚没有特意向潘总介绍陈良运，好像没有必要。但是潘总径直走来，停在陈良运面前。他迟疑了一下，可能不是他邀请的客人，所以格外关注。萧岚这才轻轻说了一句："我的朋友——陈良运，从日本京都来的。"

一听是从日本京都过来的，潘总更是喜形于色，他少年时期有一年是在东京亲戚家过的，说常去浅草寺喝山泉水烧一炷香，现在也是一年几次去往东京银座商业区购物。俩人仿佛搭上了亲眷关系。当晚，潘总就要留陈良运共进晚餐，还电话约了几个人。客人陆续到来，萧岚挨着陈良运坐，她晓得潘总约的人非等闲之辈，果然，什么沈总什么李总，开口闭口都是上亿元的项目，萧岚只希望陈良运不要喝多。

酒酣耳热，陈良运活跃起来，手搭在萧岚腰间。对面还有两个女士，一个开美容院，一个做珠宝生意，四只眼睛滴溜溜往陈良运身上乱扫，一次又一次要和陈良运碰杯，幸亏陈良运酒量不错。

做珠宝生意的女人说，她们在京都有一个分店，在琉璃光院附近。陈良运点头说："琉璃光院值得一去，琉璃色青苔覆盖庭院，很有意境，听听雨声，看看奇妙的倒影，实在是不一样的感觉！"做珠宝生意的女人头点得似小鸡啄米。

潘总似乎是新闻发布者，高声宣布："同玄镇作为旅游古镇，文化产业要大力推动，政府招标，欢迎更多的项目签约入驻。各位老总把握好机会啊！"

萧岚穿着素色淡紫棉麻茶服，低头不说话，她没怎么喝酒，勉强几口也偷偷吐掉了。气场不对，她想早一点退场，和陈良运牵着手悠悠然走在小巷深处多好！可潘总一屁股坐在陈良运旁边，敬酒递烟，像是觅到一张上好的老琴。

陈良运来同玄古镇不到两个月，已经入乡随俗了，扫微信加好友，温文尔雅，来者不拒，始终挂起旋着酒窝的笑容。

5

风吹起来，垂丝海棠花瓣落了一地。

萧岚低头弹琴，泛音悠然。每当心绪稍有烦躁的时候，她就坐到琴凳上，自我调节。

那晚她没有和陈良运打招呼，借口上厕所就出了门。回望同玄镇的青石板，青黑中泛着光泽。萧岚顺着巷子一直走到云川古旧书店，陈家洛还在，头发上蒙了一层灰尘，可能是爬上去取书时落的。他大概看出了萧岚的心事，也没多说，掂着手中两本明刻本，吹了吹书角说："你今晚还住舅奶奶家吗？"

萧岚其实无所谓身寄何处，抱了古琴上高铁，二十分钟也就到上海了。她默然喝了口茶起身告辞，都是随性的人，陈家洛挽留了下也不做勉强，只是说了声"注意安全"。

高铁上人流涌动，萧岚忽然觉得悲伤涌来，可能是恋爱中的人会特别敏感，极易喜也极易悲，她想自己可能是真陷进去了，以前从不这样。旁边的一个胖女人好奇地盯着她青花布包裹着的古琴，不晓得是什么玩意。又看她神色有些凄然，忍不住戳戳旁边的男人，指手画脚地说："看，看！"

萧岚索性闭目冥想。乱哄哄的人声，和会馆里酒局上觥筹交错的嘈杂声一样令人心烦。好不容易熬到出站，陈良运的电话来了。萧岚不想立即去接，一个人拔着细碎的脚步回到了住所。把百叶窗关得紧紧的，仿佛会有鸟儿钻进来惊扰她。

第二天她还是紧紧关着百叶窗，在假造的黑暗里，让孤独的世界拉长。临近三十岁，她仍旧喜欢把自己一个人丢掷在虚无中。大学时她辅修了中国古代哲学，任古琴社社长，她喜欢在庄子的青冥长空中逍遥，在老子清静无为的山崖中放任自我。毕业后到了江南继续拜师学艺，她想，这是她喜欢的生活方式，活着不虚与委蛇，不用曲意逢迎，一茶一琴一箫足以慰藉人生。为什么现在会方寸大乱？父母曾经逼婚过，如今也死了心，随便她。她对自己说过，一个人才是真正的大自由，为什么要用另一个人来牵绊住？

索性关机两天，不受外界打搅，静心反思。萧岚是能安静下来的姑娘，但脑海里始终飘飘忽忽，感觉人生如寄。静了两日倒也现实起来，自己并不完全清楚陈良运的底细，何必一往情深陷进去，不靠谱，也犯不着。

开机，陈良运发来不少信息。萧岚晓得他也在上海了，在潘总的总公司，且在商量什么文化项目。萧岚没有立即回他，对于项目她一点也不感兴趣，只觉得潘总的油腻和陈良运的俊朗完全不搭。也许，陈良运也并非如表面所见。

有人敲门，咚——咚——咚，和缓的节奏声，萧岚心想是陈良运找过来了吗？不可能。她没有给过他地址。再听，敲门声咚——咚——咚，熟悉并有韵律，准是——她咿呀打开。

果真，师弟何君华！携琴访友，一路行旅。

君华依然着玄色中式上衣，千层底布鞋。皮肤黑了不少，山野阳光朗照，赋予了他健康肤色。萧岚郁闷了两天的心情立即得到缓解，她嗔怪他："你呀，总是这么行游无踪，也不提前来个电话，万一我不在家呢？"

君华嘿嘿笑了，说："你不在也没关系，就像王子猷，我喜欢尽兴来尽兴去。到你家门口，看到你手写的春联，见字如面，我也满足了。"

还是那副憨憨的傻气，萧岚拍他肩膀，他仍笑。萧岚赶紧去厨房将腐竹、香菇、油面筋、冬笋取出，做了他最爱吃的几个素菜。

他低头捧着碗吃得极认真，她问了他一些家事。娶了个村妇，孩子两岁了，有一次到他做古琴的地方玩，因对刷古琴的生漆过敏，孩子的头肿得像个簸箕，吓人得很，也没上医院，过了一周才渐渐消下来，然后就彻底免疫，索性整天拿着生漆当泥巴玩。

6

萧岚看君华的神情，是春山之外的隐逸，是现实世界几乎不存在的安静。他面部轮廓清晰，手指指肚结实，指甲里还存有生漆痕迹。阳光正好洒在他的脸上。

"弹一曲吧。"

"好。"

《渔樵问答》，一任云缥缈，水远山高，唯有天地久。

君华说："这次来，有个事情。三茅峰斫琴老师傅年纪大了，体力活干不了多少，有些工具想一并给我，我也正好去帮师傅收拾一番，师傅如果愿意跟我到浙江山坳里去小住一阵，那更好。"

萧岚点燃一炷檀香，她特别希望君华能住一阵，不要来去匆匆。对了，最要紧的是去博物馆看看那张战国时期斫制的古琴。那张琴，孤独沉寂多年，苍茫中它应在等着懂琴的人。

萧岚推掉了下午几个成人的古琴课。这些公司的高级白领学琴目的都不是太纯，有一个纯粹想装作高雅，能在一些场合上假文艺一番，学了两三个小曲子就要去登台亮相扮大师。还有一个说是工作压力大，跑来学琴是为了舒缓放松怡情养性，可没坚持多久，上课的次数越来越少。发乎心底喜欢古琴的，没有。萧岚微信告知暂停课程，他们个个欢天喜地，群里发表情要拥抱萧岚。萧岚心里发出讥诮——何必，早知如此，就不要委曲求全，还不如在黄浦江边高楼上喝杯咖啡来得舒服。

当初她和君华学琴，都是不远千里来同玄镇拜师，诚
心诚意。一期一会，古琴研究会的秦老师赠予萧岚诗册，
萧岚珍藏在案前。琴有琴道，岂是一般人附庸风雅之物？
她最喜欢与君华随着老师到园林一处名为"石听琴室"的
亭内弹奏，回音飘荡，园林中蜿蜒的长廊、假山、荷塘是
最好的听众。

秦老师个子小，走起路来真有弱柳扶风的感觉，但当
她往琴桌旁一坐，手在琴弦上一挥，却有雷霆万钧的气势，
真正是"按弦入木，弹弦欲断"。

俩人一起坐高铁，各抱一张琴，坐在车厢中，装束与
神情形成特别的气场。有个别旅客很好奇，忍不住问："你
们是不是去拍电影的？还是网红拍抖音的？我能拍一下照
晒个朋友圈吗？"

因为有君华在，萧岚的孤独感退去了不少。她脑海里
不自觉闪现出陈良运。不知道他最近在忙些什么。冷处理
了几天，她想应该和他保持些距离。她对他其实很不了解，
他从日本到中国确实是寻亲吗？为何不好好陪着陈家洛祭
拜祖坟，修一下族谱家谱？为何要和潘总走得那么近？难
道真要长期定居在同玄镇做文化项目赚钱吗？

萧岚对金钱没有太大概念，她和君华一样都不贪图物

质，能吃饱，够生活，有自己的精神空间足矣。当然如果
有足够的钱，她想买一张真正的老琴，琴人相悦，比什么
都好。她曾经听秦老师讲过，秦老师当年为生活所迫，为
了医治好父亲的病，把祖上传下来的一张明代的琴卖了。
后来想方设法想追回这琴，都没有这个可能了，不知道流
向了何方。四十多年过去了，每每提及此事，秦老师还会
心痛地捶胸。

萧岚明白这种隐痛。她默默地想，如果来一出"寻琴
记"，把秦老师的琴找回该多好。

潘总收来的琴，有一两张，她弹起来感觉异样。根本
不像是明琴，声音闷涩，琴弦有吱呀声，琴面上的断纹感
觉是人造上去的。她没有和潘总明讲，那两张应该是赝品，
古琴市场鱼龙混杂，不懂古琴的人买两张赝品也是正常。

到同玄镇已近黄昏，群鸟归来，烧炉饼的香味飘过来，
萧岚咽了下口水，好香！

"你一定会吃苋菜馅的！"萧岚对君华说。

7

同玄镇的博物馆周一闭馆。俩人也不性急，先去拜访
德高望重的秦老师。秦老师是吴门琴派的传承人，年纪大

了，基本不出门，住在同玄镇胭脂街尾的一处弄堂里。

弄堂很深，仲春时节，墙角仍有迎春花探出。俩人说说笑笑，不一会儿便到了秦老师家。秦老师正在教两个小囡用原汁原味的吴方言唱琴歌。

渭城朝雨浥轻尘，客舍青青柳色新。劝君更尽一杯酒，西出阳关无故人。

萧岚和何君华都不是吴地出生，不会说吴方言，只听那唱出来的吴语弦歌味道特别。韵味像初春柳树上的绒毛，又似在河面上凌波微步的水鸡子。两个小囡四五岁的样子，唇红齿白，尖团音咬得准极了。唱完，钻到秦老师园子里去玩耍了。

秦老师面孔白净，视力尚好，除了弹古琴，还坚持书法绘画。师徒三人相会，仍以切磋琴艺为主。秦老师一曲畅雅清逸，质朴平实。好，真好！秦老师也认真听了萧岚的《忆故人》，沉郁之外多了些相忘于江湖的侠气和意味。何君华弹了一首《酒狂》，把酒徒醉眼蒙眬、放肆不羁的心态都演绎出来了。

萧岚最喜欢这样的时光，但是这样的相聚越来越少了。

秦老师和他们说了两句话："一辈子不长也不短，把自己喜欢的事情做好。""找到古琴就是找到了朋友。"其实这两句话秦老师开始收他们做徒弟时讲过，现在还是强调这两句话。

秦老师要午休了，俩人告辞出来，内心很依恋，其实还想多坐坐，但也不便再打搅秦老师。

第二天，下起了雨。雨丝飘飞，笼在柳条间，萧岚想起那两个小囡学唱的《阳关三叠》，恍若隔世。幸亏君华在旁边，让她觉得还是真实有迹可循的。冒着雨丝前行，终于到了同玄镇博物馆。他们循着博物馆线路，一路看了陶陶罐罐，正要屏气欣赏那战国古琴时，傻眼了——古琴那一间展厅不开放。

"为什么？"萧岚问工作人员。他支支吾吾，说不上来原因。

"是外借了吧？借到哪个博物馆了？"萧岚盯着问，没有人回答她。

萧岚忽然间很气愤，指责了好一会儿。君华劝她不用那么着急，随缘，今天看不见，那就明天，明天看不见，那就后天。

很奇怪，萧岚很少这样喜怒形于色。

君华说："不如我们今天去拜访我的斫琴师傅。你我相伴，总是和古琴搭界。我娶了个山中洗衣村妇，哈哈！你到时就嫁个山中砍柴的——渔樵问答，多好的搭配！"

萧岚扑哧笑出声来，被君华这样一调侃，也放宽了心。去就去呗，君华的斫琴师傅也是古琴高手，只不过隐居在山林里不与外面交流。萧岚很珍惜与师长们的交流，老一辈人学养高，是真正的传统文人，为人宽厚，淡泊名利。

三茅峰云雾缥缈，草尖上有不少露水，萧岚的布鞋都被打湿了。萧岚往山上走时，眼前又晃起陈良运的身影，想起寺庙院子里的睡莲，斋堂里滚在墙角的冬瓜葫芦，他们俩情投意合，也就是半个多月前。如今他人呢？到底在琢磨什么？

斫琴师傅在山坳里，要翻过山再往里走一阵，溪涧旁野花开得茂盛。师傅见两个年轻人到来，放下了手中的活儿一起闲聊。萧岚讲究，随身带了凤凰单枞，在溪涧旁一块杉木上摆开茶席，还摘了一束小野花做瓶插，意境十足。

喝茶随意聊。说到修古琴的事，师傅有些动容，眉毛抖了抖。萧岚和君华侧耳倾听。

二十年前，师傅家中收到两张极其相似的古琴，一张从河北南下，一张由湖南北上，被两个素不相识的主人先后送到家中修复，前后相隔数日。师傅仔细勘验琴腹，竟发现琴身中都藏着字。原来，这两张琴同年、同月、同日出自明朝同一斫琴师之手，在失散了四百四十七年之后，在师傅家中重逢了。师傅彻夜未眠，看着眼前这两张琴眼睛湿润了。"面对双胞胎琴，感觉既惊讶，又熟悉，好像看到了前世的我。除了感叹，还是感叹！"

"这两张益王琴可都是明代的官琴，竟神奇地到了我家中。我真是激动啊，为了感念两琴的相聚，我在琴桌上让两琴轻轻相碰，还将它们关在书房独处十二天叙旧，以解它们四百多年的分离之苦。其中一张归还前夜，我看了很久很久，并向琴叩拜送别。"

山间溪水的潺潺声流淌在师傅的叙述中，萧岚听得入神，这是独属于琴人之间的秘密，山林能听懂，流水能听懂。

8

萧岚和何君华一前一后走在同玄镇青石板街，路过古戏台边的云川书店，君华说："进去看看吧！"萧岚迟疑了下，还是掀开帘子跨了进去。陈家洛照旧坐在藤椅上翻书，一只竹节猫蜷缩在脚跟旁。见两位进来，起身相迎。

陈家洛问了一句："萧岚，良运没和你一起吗？"

萧岚反问他："为什么你觉得他会和我在一起？"

陈家洛呵呵笑了下，也不追问。萧岚倒是想打破砂锅问到底："确定他是你嫡嫡亲亲的堂兄弟？"

"这还会有假？而且哪有必要冒充？我祖上既无产业可分，也没资产相助。"陈家洛说得云淡风轻。

壶里的水煮开了，这回喝的是福鼎白茶。茶香萦绕着书店，萧岚想没带君华见着战国古琴真是遗憾，那时的琴师大都是盲乐师，他们在山林间一挥手，群山万壑便产生共鸣，辽远又辽远。

陈家洛似乎明白萧岚的心思，说道："无所从来，亦无所去。"

萧岚默然不响，只是轻轻浅呷。

三人正喝茶清谈，陈良运来了。掀开门帘，他倒是一愣，转而无限欢喜，目光盯着萧岚说："啊呀！想不到你来同玄镇了，怎么不事先来个信息呢？"萧岚只是浅浅一笑，心想撞上就撞上吧。

陈良运还是那番有神采，眼神碰到何君华时顿时明白了几分，说："莫非这就是萧岚的师弟？果然气质不俗。"

君华并不喜与陌生人多交流，只是微微点头算是回礼。

萧岚淡淡问了句:"你和潘总的项目合作得如何?"

陈良运说:"慢慢来,合作空间很大,我原本想找你请教的,你却突然不理人了。"

萧岚脸红了,因不想在众人面前谈自己的私事,就把话题扯开了。

何君华抚琴弹了一曲《良宵引》。海棠花基本落尽,柳絮飞过迷蒙一片。陈良运忽然说到他父亲,他说:"我父亲是个染色师,小时候记得父亲作坊里晾晒着洋葱皮之类的植物,空气中有种特殊的味道。房间里植物染色的毛衣、手织围巾、丝绸披肩,一大堆一大堆,都按颜色挂了一排又一排。父亲的皮肤晒得黝黑,他染色的过程就像是变魔术,好像每种植物都被赋予了特殊的魔力。"

萧岚晓得日本很多手工艺人活得十分纯粹,没想到陈良运父亲就是其中一个。她想小时候的他一定跟着父亲满山转,找各种植物,闻各种芳香,怪不得他骨子里喜欢山野。

她对陈良运说:"山野木头都是有灵气的,你看我师弟,为了做一张上好的古琴,满山找老杉木,最起码要两三百年的老木头。"

话没说完,潘总抬脚进了云川书店。萧岚有些愕然,潘总倒是大大咧咧开起玩笑来："原来女朋友在，怪不得，怪不得！"还没等萧岚说话，潘总又继续说："碰巧大家都在，晚上一起 happy，到会馆吃饭。"萧岚双手直摇，急忙说："多谢潘总美意。我和师弟今天还有其他事情，不便过去。"说着立起身收拾。

陈良运手搭过来，大庭广众之下，抚着她的肩膀，说："萧岚，何必着急离开，大家一起喝喝茶聊聊天。"

萧岚心想恐怕那开美容院和做珠宝生意的女士也会在场。她才不去，坚决不去，不想找罪受。她掸开他的手，挤出一丝笑容，很不自然地说："真不方便，再约。"

她是想和陈良运好好聊，推心置腹地聊一下，可不是在酒桌上。她的眼睛盈盈间升腾起一层水雾，幸亏夜色降临，谁也没有发现。

9

"这两张益王琴可都是明代的官琴，竟神奇地到了我家中。我真是激动啊，为了感念两琴的相聚，我在琴桌上让两琴轻轻相碰，还将它们关在书房独处十二天叙旧，以解它们四百多年的分离之苦。"

萧岚睡不着，明晃晃的月亮照着。她在想白天斫琴师傅的一番话。在师傅眼里，琴其实比人还厉害，懂得思乡离别之苦。

她有些迷惑，搞不清陈良运的来路了。从京都寻亲而来，父亲是染色师，母亲在大学教书。应该是他的爷爷那时候从中国到日本，做了别人的学徒。陈良运眉眼之间和陈家洛有一些相似，眉弓浓，两眼之间开阔。兄弟俩都还有举人老太爷喜欢读书的静气。这样的寻亲相遇确实有些古典意味，如果陈良运不主动，陈家洛或许一辈子也不会晓得还有一个血亲漂流在外。

萧岚不明白的是为什么陈良运和潘总走得那么近，完全不搭。潘总有钱爱装风雅，陈良运莫非也爱钱要显风雅？陈良运的谈吐初时让她入迷，现在也不算反感，但潘总一来，总会变了味道。

博物馆中战国古琴展厅最近为什么不对外开放？莫非真有人在搞鬼？萧岚翻来覆去，寻思着明天要再去问问，师弟难得来一次，她想让他目睹两千多年前的琴的样子。

手机屏幕忽然闪了下，萧岚凑近去看，是陈良运，他说他一个人在同玄镇孤孤单单行走，就想见她一面。酒局散了？萧岚细瞧屏幕，已是深夜一点钟。

萧岚犹豫着想拒绝，他又发过来，说："求你了，很想你。"萧岚脑海中的他变成了小男孩,跟着父亲漫山遍野采摘植物,胖嘟嘟的小手举着一朵花,日复一日地在野地里奔跑。可惜父亲去世得早,少年时代的他也许乘着电车一趟一趟地去开满樱花的寺庙,金阁寺、银阁寺、东大寺……正在胡思乱想之际,他又发过来信息:"这几天见不到你,备受折磨。我想我爱上你了。"萧岚顿时面红耳赤,仿佛他就在她对面吐露肺腑之言。夜太深,她不习惯在黑暗中出行,而且陈良运又喝了酒,怕他造次,萧岚的心扑腾扑腾像有群蝴蝶乱飞,但还是按住了自己。她回复道:"明天吧,明天再说。"

萧岚几乎一夜未眠,勉强搭上眼皮合眼一个小时。萧岚反复寻问自己,难道自己爱上他了吗?好傻的问题,可能她见他第一面就爱上他了,才会变得如此神经兮兮。她想起他两手抚着冬瓜葫芦说话时的憨样,打心眼儿里喜欢。

可是那个做珠宝生意的女人,身体忍不住靠过去,好像谁都可以借着酒精随便乱来。萧岚生气的是他并没有拒绝,而是微笑着挺直了身体。

算了,算了,不想这些烦心事。萧岚调好琴弦,准备弹琴。唯有在这个时候,她才能全然放下。

同玄镇近日挂起花灯来,横幅也拉了起来。一大早牌坊口挤满了人，还有新闻媒体来拍摄，原来同玄镇文化旅游节开幕了。萧岚一直在等陈良运信息，却没有收到，估计是在补觉，索性出去转转。

萧岚走到牌坊口，锣鼓喧天，不一会儿领导走上红地毯，挨个儿在话筒前发言。

萧岚瞅见潘总，他竟然在第一排嘉宾位置。领导发言说，同玄镇要打造成首屈一指的影视城，让更多影视公司首选同玄古镇作为拍摄基地，让更多游客到古镇走一走，促进消费，拉动内需。

她目光再往下扫，第三排嘉宾中有陈良运，他和开美容院的女人、做珠宝的女人紧紧挨着坐，两个女人和他贴耳说着什么，他露出会心微笑。

鼓掌声啪啦啪啦，领导讲完后举行剪彩仪式，又挨个儿和公司签约。潘总上台，兰花指一翘，龙飞凤舞地写了几个字。萧岚有种莫名的惊慌，她不晓得他们要怎样规划同玄镇，原本清清静静的古镇，可千万不能被搞得沸反盈天。

10

萧岚一个人越想越乱，干脆去看山。在春天的迹象里，将欢喜和忧愁都抛开了。

　　不知不觉，萧岚走到了何君华斫琴师傅居住的山坳里。君华起得早，已经干了半天的活。萧岚大致了解了斫琴的过程，选材、定型、髹漆，再到定音、上弦、试音，其间有近百道工序，每一张琴都铭刻着斫琴师的独特印记。

　　"这斫琴的过程吧，就像十月怀胎，夏天的烈日，冬天的霜雪，都是逃不过的考验。"君华放下手中的工具对萧岚说。

　　君华又说："等师傅把手头这张琴做好，我就要回去了，我老婆又怀孕了。"他龇着牙，笑得憨厚。

　　怪不得！萧岚盯着君华猛瞧了一阵，感觉他活得不仅真性情，而且带烟火气。山野中无拘无束，一双儿女嬉笑绕膝，自有陶渊明的洒脱。

　　"师姐你怎么打算？还回上海工作吗？"

　　萧岚摇摇头，面露忧伤之色："老实说，我也不知道何去何从。"

　　"师姐你是被陈良运困住了吧？"君华轻声说。

　　萧岚没回答，她不想谈陈良运。萧岚还在纠结何君华还没见着同玄镇博物馆的古琴，她要打电话过去问个究竟，为何近期不对外开放，原因是什么？但山里没有信号，拨了几次，嘟嘟嘟嘟一片。

"师姐，不着急的，看机缘。"君华还是这句话。

萧岚看何君华的神情，笃定。山中居住了三四年，他比当初在同玄镇更加悠然。他说："我记得小时候，天气晴好的夏夜，一个陌生老师在院子里架了一张很独特的琴，手在弦上轻轻一扫，就是一串美妙的音符。我们院子里几个小孩端着板凳坐在他边上听，夏天的夜晚很凉快，草丛里蛐蛐在叫，天上的月亮把地面照得亮堂堂的，那个老师就坐在一地的月光中间，弹《阳关三叠》《平沙落雁》《高山流水》……后来他告诉我们那把有十三个徽位的琴叫古琴，告诉我们曲名，告诉我们曲子背后的故事。听说过'竹林七贤'吗？他们都是弹古琴的高手。老师讲得绘声绘色，我们听到很晚才去睡觉。老师没过几天就离开了，再也没有回来过。但他弹过的曲子一直在我心里流淌，我就想啊，将来我的人生就是要弹古琴做古琴。"

君华的表达很少这样流畅，他沉浸在回忆中，仿佛一个人在梦中呓语。

她终于忍不住说到陈良运："他身上虽然有飘逸之气，但和世俗联系得太过紧密了。"

君华说："我们都活在世俗之中啊，只不过要掂量孰轻孰重，要懂得舍弃。"

"倒也是。"萧岚点头。

"很多东西，不能强求，命里有时终须有。"

"是的。"萧岚嘴唇半张着，微微发颤，像要说什么，却最终叹出一口气。

她想到大学时候追她的男生也有两三个，动不动就称呼她是《笑傲江湖》中的任盈盈。她衣袂飘飘地在舞台上弹奏古琴时，内心的怅惘会倍增，她不是任盈盈，也不是《神雕侠侣》中的郭襄，她只是她自己，寂寞中带着率性孤傲。

一个男生微信问萧岚："你会用电饭煲、会用避孕套吗？"问得相当白痴，萧岚当下把他拉黑了。还有个男生信誓旦旦地说要把她当女王供奉，说一辈子给她端洗脚水。萧岚也把他拉黑了。萧岚当时的想法是疯了，他们都疯了。她不想理睬他们，她要去一座山，一座空山，也叫春山，她去找王维，看他是否还在，还在"松风吹解带，山月照弹琴"。

11

萧岚决定不受陈良运影响，自己该干什么干什么。她喜欢同玄镇的山水，去上海转了一圈发现还是回到原地最好。萧岚去看看同玄镇哪儿有合适的店面，开一家艺术工作室，教琴，卖茶，也帮着君华卖卖古琴，按照自己的方式去生活。

潘总给萧岚打了好几个电话，她都没接，只发了个微信给潘总，说这两天去收拾东西，把上海徐汇区的房子退还给他。她做事情不喜欢拐弯抹角。

令萧岚伤感的是君华再过一周就要走了，博物馆的古琴始终没有下文，那边的工作人员被问得烦了，也敷衍着说："外借了，你怎么这么上心啊，领导们安排去哪里就去哪里了。"萧岚一度怀疑这古琴是不是被偷了，问博物馆的保安，保安很生气，质问她："你脑子有病吗？怀疑我们这儿的安保设施。再说这古琴偷去有什么用呢？一块烂木头。"保安低俗没文化的回答差点让萧岚气晕。

没过几天，同玄镇游客倍增，青石板弄堂挤满了人，比"轧神仙"时还要热闹！原来是影视公司邀请了著名演员来参加开机仪式。在此取景的是一个无厘头的穿越剧。一会儿是汉朝，一会儿又是当下。同玄镇北立马开了一家专售汉服的商店，衣料材质一般，但花花绿绿的很受游客喜欢。一时间，古镇上走来走去的尽是拖着长裾拍照的男男女女。

有人想请萧岚去客串演一个琴师，但没谈几分钟，萧岚便谢绝了。她晓得那人其实就是潘总派来的。

如今，萧岚的琴，只想弹给自己听，任何装腔作势的场合都会被她拒绝。

这个夜晚，月色朗照，一只鸟飞落在萧岚的窗前。它抖抖翅膀，摆了摆颈脖子，鸣叫起来。萧岚弹了一曲《鸟夜啼》。鸟儿的叫声清亮、悠远，和琴曲相合，恍恍惚惚间，萧岚似走入密林深处。有位盲乐师，盘腿坐在溪涧旁，流水淙淙，远看容貌像陈良运，皮肤白，俊美。他膝盖上安置着一张琴，就是那战国时的平底独木舟，无面板，无琴弦。盲乐师开始挥手，乐音浑朴而平滑。萧岚凝神捕捉，又怕在梦中恍惚，一觉醒来只留点滴痕迹。

12

萧岚在同玄镇租下了一家店面，弹琴、焚香、泡茶、读古书、练书法。日光长长短短，从窗户口升起落下。游客路过萧岚的店，常常被古朴雅致的气息吸引，进去喝杯茶。

一晃两个月过去。其间萧岚没见陈良运，听陈家洛说他最近要回日本一趟，过些天再过来。萧岚觉得自己好像已经把他完全放下了。

　　倒是潘总登门拜访过她。当时她正凝神弹奏《渔樵问答》，一副闲适悠然的姿态，眼中只有无穷的山山水水。一曲终了，潘总咳嗽好几声示意她，萧岚才回过神来，礼貌性接见，为他泡茶。

　　潘总脑门部位秃发严重，喝了口热茶，脑门上全都是汗。他搓搓手，手上翡翠戒指亮眼。

　　他说："萧岚姑娘，有空还是想请你到会馆坐坐。"

　　萧岚微笑，不接话。

　　他又说："不强求你，你按你时间自由来，就当是自己的家，我照例每月给你薪水。"

　　萧岚摇摇手说："不用。多谢潘总美意。我不可能把那儿当自己的家。"

　　一点回旋的余地也不给，潘总尴尬地擦了擦汗，说："陈良运最近和你有联系吧？"

　　萧岚讥诮了他一句："这和你有关系吗？"

　　潘总手悬在半空，索性调侃："男女朋友，害羞啊？"

　　萧岚依然挂着笑容："男女朋友也罢，普通关系也罢，都属于隐私，好像与你无关。"

　　潘总吃吃干笑了两声，问出去的话都被挡了回来，自觉无趣，但仍没有走的意思，继续搭话。

热腾腾的水汽袅袅升起，萧岚自顾自品茶。潘总扫视了房间几圈。他好像有什么重要的事要说，但还没说出口就被萧岚的眼神挡了回去。萧岚不想听，也不想和他有什么牵扯。过了一刻钟，她索性立起身，关窗送客说道："不好意思啊，潘总，我要出门办些事。"

出门去哪里呢？她想了一想，还是去博物馆吧，看看那张古琴回来没有。工作人员上次嘟囔了一句，说可能外借了，外借到哪个博物馆？她不知道，但应该很快就会还回来。

这张琴成了萧岚的心结，她只见过它两次，但它仿佛是她茫茫人海中邂逅的唯一中意的那个。梦里她反复梦见过它，醒后是一种大茫然。萧岚木木地盯着窗外的树影看，风一吹，树影在晃，她的心也在晃。

同玄镇博物馆里古琴仍未见踪影。萧岚的心绪淡下来，也懒得再和工作人员絮叨，转头走了。

萧岚沿着同玄镇青石板路走了很久，沿途看见不少居民在石桥边休闲，吹牛，看夜景。对了，这里素有点桥灯的习俗。萧岚听秦老师提起过，点桥灯的时候，同玄镇特别美，一串串九盏的天灯，颜色个个不同。还有四角的灯和横木上的灯，一律白色，书有隶书或宋体的毛笔字，一闪一闪的桥灯，照亮了潺潺流淌的运河。

13

隔三岔五陈家洛会来萧岚的工作室坐坐，和萧岚喝茶聊天。萧岚尽量不提陈良运，可话题有时还真绕不开。

陈家洛说："良运脑子太活，真让我吃不消。"

萧岚问："怎么？"

"说要接个政府项目，建立个书院，让我把云川书店的书全搬过去。都是潘总的主意，其中道理我晓得，说实话我很不喜欢这样做。"

萧岚不说话，她睫毛很长，扑闪了一下。

"他母亲在厂里操作机器时不小心闪了腰，腰椎部分一点也不能动，等他回去服侍呢。"

萧岚心想，不对啊，他母亲不是京都大学教授，在讲台上滔滔不绝地讲授川端康成、大江健三郎吗？

萧岚努了努嘴，还是没有说话。

"不容易啊，一个女人，在日本，把小孩拉扯大。"

萧岚点点头，一时有些恍惚，仿佛眼前有个女人佝偻着脊背，架着副近视眼镜绷着脸。

"良运中文说得好，小时候，我大伯在世的时候，和他交流多，一字一句全印在脑海里。"

"嗯。"萧岚接了一个字。陈良运的中文功底不是一般的好，他对王维的喜欢，对老庄哲学的体悟，还有生活美学的品位，都高于普通人。这也许得益于他美好的童年时光——他和父亲在山野里转悠采撷植物，进行染色。他曾经描述过的一段场景让萧岚欢喜又沉醉。

"丝线像是被吸进去一样，啪嗒一下稳稳融入织纹中，宛如琴弦一齐拨响一个和音。饱满的色泽渐渐喧闹起来，紧紧聚拢成一个色调，好像白雪、大地、青苔、樱花，每种色彩都带着各自的触感；还有落叶、葡萄串、月光、露草上水珠的颜色……色彩纷繁多样，不可尽数。"

当时萧岚听呆了，完全浸润在这色泽饱满的画面中，仿佛和他一起感受着神奇的瞬间。自然界的各种颜色交织在她的身体中，清新、丰富，她也变得绚丽多姿，并轻盈上升。她的头发在飘啊飘，衣服在飘啊飘，似乎要触摸到云朵，她索性闭上眼睛，享受这种飘忽感，仿佛世界上只剩他和她了，他们互相依恋互相触摸。

"他在日本到底做什么工作？"

萧岚原本不想问，但犹豫再三，还是说出了口。

"不清楚啊。"陈家洛挠挠头，"现在行业太多，我是钻在旧书堆里的人，哪里弄得明白？"

萧岚也觉得自己问得毫无意义。那个人说白了和自己已经没有关系，问不问，知道不知道都没有意义。她厌倦谈这些了，于是立起身，坐到琴桌边，调一下音，端正姿势随意弹。

近期新鲜事还真多，自从同玄镇被领导定位成影视基地后，一些奇奇怪怪的建筑冒出来，萧岚瞧着，总觉得不伦不类，搞笑得很。街上的游客多起来，有的拿着臭豆腐干、红烧鸡爪，边走边啃。前几天有个摄制组在庵桥拍古装戏，女演员估计有些名气，后面跟了五六个助理，围观的人里三层外三层。女演员的宫服拖得很长，一不小心自己踩在上面，从桥上掉下来，扑通掉进水里，成了一场闹剧。

14

萧岚起得早，洒扫一番后，抚琴一曲。梦中的场景还留在脑海，她和陈良运在一起，在博物馆战国古琴前。古琴没有名字，孤独得似在湖里任意漂荡的一艘船。暗沉的漆面，像有满腹的心事要倾诉。

"独琴于室，无人无响，正所谓大音希声。"梦中陈良运把这句话又说了一遍。

萧岚有种直觉，古琴回来了，出门那么久，它也会疲惫，渴望回到来时的地方。好，明天就去博物馆转转，在或者不在，她去了才会心安。

雨后初晴，萧岚抬头望望天空，一片碧蓝，浮云细腻如丝。她走过胭脂街，穿过庵桥，一路上遇到两三个熟人，点头打招呼，然后继续前行。

脚步轻移，博物馆里她嗅到了熟悉的气息，那间展厅终于开放了。竹影摇曳，水晶台子上果真安放着久违的古琴。它气宇轩昂、孤傲，无琴弦，无面板，但自有超逸品性，只静静地看着，就仿若群山万壑中流水的声音、鸟鸣的声音、花开的声音、渔夫樵夫问答的声音……奔涌而至。

萧岚凑近它，再凑近它，隔着玻璃罩子贴近它。

……她怔怔地停留了很久。是，也不是。似曾相识，但又好像陌生感十足。是那张寂静通向宇宙深处的古琴吗？古穆而幽微的气息尚存，但似乎并不苍茫……萧岚一遍一遍地细看，她有些吃不准了，是原来的它吗？她的心跳得厉害，很有可能——

她无法做出准确的判断。秦老师和君华的斫琴师傅年事已高，不便前来，那无论如何也要君华来一次。

打君华手机，无人接听，估计在工作坊忙碌。

萧岚想起年少时，终日野地里漫游，抬头看白云，低头见草虫，极目茫茫山外山，直到遇见了古琴，听到古琴声，她才明白，天地在说话，悠远浩渺。

此刻古琴不说话。暗沉的长方形弦槽容纳了万千心事。诸葛亮空城抚琴退魏军，远处是一片孤城。萧岚退出博物馆时，感觉像遭遇了千万大军。

君华隔了两天才回电话。他说手机调成静音状态一直丢在台面上，新斫制的一张琴正在上漆。听萧岚说了一番经过，君华默想了会儿，直接点出萧岚内心的担忧："你是怕这个古琴被调包，用复制品替换了，而真正的古琴可能被利欲熏心的人收为己有，或者流到了国外市场。"

"谁说不是呢？"萧岚的目光在石板上游走，内心生发出一种无端的隐痛。

君华说："等我下周把手头的古琴上漆工序做好，趁它阴干的当口就出门。我也只能快去快回，老婆的肚子越来越大，行动不便，得照顾。"

"好吧。"萧岚放下手机。同玄镇青石板街弄的红灯笼从东挂到西，风一吹，灯笼穗飘荡。她深吸一口气。老街右手边是一家古董店，黑檀木大座钟旁边放着鎏金铜香炉，几案上杂七杂八很多小物件大都是今人仿制的。

萧岚怀疑是潘总在搞鬼，但没有确凿的证据，不好随便去揪别人的小辫子。她耐着性子往回走，走到自家店门时，香樟树叶落下来，掉在头发上，有淡淡的香气。

萧岚推门，做珠宝生意的女人正娇滴滴地坐在她的店里。

萧岚心想，我和你没有半点瓜葛啊！不过来者都是客，我萧岚自然也不会撵你走。

"萧岚老师……"椭圆脸女人语速很快，听了半天萧岚才明白，女人是想让自己的女儿来学古琴，一对一学，价钱不是问题，此次前来主要是征求她的意见。

女人说："哎呀，不瞒你讲，我在镰仓海边买了一处小独栋，准备去度假呢。"

"镰仓？"萧岚吃了一惊，"怎么会想到去那边买房？"

"还不是你原来的那个朋友推荐的。他是日本房产投资一站式服务中介公司的，什么置业日本享受高质量人生，贷款零障碍，说得一套一套，他嘴上涂蜜的，身边好几个小姐妹经不起诱惑，全在那儿买了海景房。"女人一脸幸福。

"哪个朋友？"萧岚实在有些困惑。

"装糊涂啦！你最初的男朋友啊，不过后来他很快和邢总搭上了，长这么帅，不被有钱的女人盯上那才奇怪。"

15

萧岚在牌坊下站了会儿，同玄镇的牌坊是有年头的，据说乾隆下江南，这里是必选之地，牌坊的字就是他老人家挥毫写下的。萧岚深吸一口气，仿佛闻得到时光被往前翻页的气息。

她不去寻思哪个是邢总，只是可惜了，真正可惜了。拐过牌坊就是历史可追溯至唐朝的一条街，如今酒肆林立，彩旗飘扬。萧岚喜欢深夜在这条街上漫步，游人散去，人们进入梦乡，整条街安静得似乎漂浮在水上。那时学琴，和师弟君华前后相随，脚步轻移，从秦老师家里出来，他们在青石板上听见的全都是古琴深处的声音，伯牙、嵇康、陶渊明、王维、白居易、苏轼……

有一次，他们走着走着，兴致袭来，说来一个琴箫合奏吧，对着运河中的静水，月朦胧鸟朦胧，此情此景，一定要演绎些什么。琴是随身背的，箫也是随身带的，说来就来，选择好地方，萧岚盘腿坐在石阶上，君华柳树下站立，来一个岭南琴派的《碧涧流泉》，幽谷之间碧涧泠泠，枕流漱石。俩人合奏完只觉心旷神怡，仿佛真当了回高逸隐士，人世有什么放不下呢？

"长这么帅，不被有钱的女人盯上那才奇怪。"

可惜了。可惜了。萧岚早把心中疼痛之处剜除，听到这样的消息只是增了几分慨叹，并不深究。

君华下周就来，倘若他一眼分辨出那是复制品，她该怎样做呢？是大声疾呼状告博物馆吗？还是报警查出是谁在暗度陈仓？况且，君华的意见有说服力吗？

萧岚回到自己房间，取出一瓶陈年花雕，倒了一些，慢慢品啜。她酒量其实很好，大学聚餐，是能控场的人，毕业时她敬大家一杯，说要出门远游了，先到贵州支教三个月，然后去西藏，再去江南……众人饮酒欢呼。

君华来电话了。君华说："师姐啊，我老婆羊水破了，早产。现在去县里医院的路上，同玄镇一时半会儿也去不了，估计这一两个月都得忙，怕你联系不上我，所以提前告诉你。"

萧岚对月喝得起劲，往事像影片闪过，陈良运的面孔，俊逸、清秀。影像没有声音，到后来虚白一片，仿佛小时候看的黑白电视机，到最后是一片细细簌簌的雪花。萧岚揉揉眼睛伸个懒腰，皓月当空，她想起李白的诗，"我歌月徘徊，我舞影零乱"。写得真好，时至今日，她才体味出其中含义。

卷四

垂钓声音

1

甄岭前几日在同玄镇信步闲游，得了一折扇，把玩几天后，扇骨竹子颜色有了些变化。玩家说，竹骨平薄素净，晶莹光洁，用久了自然泛红，富有雅趣。

果然，不消一个月，竹骨已经泛红。

甄岭喜爱它的另一缘故，是折扇上的字与画。字是望溪堂主人用楷书写的《稽山农》，楷中有魏碑的感觉，稳健利落。折扇另一面，是一幅江南写意小品画——莲蓬头舒展、鸟儿翘首，寥寥几笔，传神到位。

甄岭近些日子性情越发恬淡，老婆鸣芝交代的事情总忘得一干二净。

鸣芝说，乔平新城楼盘开发，地铁4号线贯穿新城，只怕是将来房价要超过乔平城，前景好得很。鸣芝安排甄岭去各个售楼处摸摸底，准备贷款买一套，自己住也好，转手高价卖出也好，都是相当明智的。

甄岭第一天还记着，到了第二天、第三天，就想不起来了。鸣芝问起，他便含糊应一声，主要是不感兴趣，也懒得去，往后拖一天是一天，到后来他就彻底忘记了，只记得折扇店里老板娘自制的苏式玄米茶。

茶叶装在纸袋里。纸袋浅褐色，质感很好。上有一段小文，用娟秀的行楷写成，摘录如下："苏式玄米茶，选用苏州绿茶与玄米精制而成，香气丰富，去火去湿，调节体质。建议温水冲泡，茶叶与玄米均可直接食用，补充人体所需维生素。"

茶叶被店主炒青放在小石臼里舂成粉末。微绿，诱人。玄米就是炒熟了的米。可以想象，蒙蒙雨后，一个清秀女性，做着舂米这一类细致的活儿，嗅一嗅、尝一尝，还蘸墨提笔写点小文字。

老板娘名叫萧岚，当场给甄岭泡了苏式玄米茶，果真，清香扑鼻。因为水的温度有些高，喝到口中，甚有苦味，但回甘的效果十分明显。萧岚说："日本是蒸青绿茶，口感较甜。玄米茶如今在日韩流行，受到上班族的青睐。"

萧岚笑起来像一朵海棠花。甄岭考虑要不要给鸣芝拿几包，后来转念想想算了，她素来喜欢用咖啡提神。

店里没有其他人，甄岭得了折扇，喝了玄米茶，神清气爽，仿佛做了半天神仙。其实之前他开店做生意也是忙得要命，接待一茬一茬的人，宾朋满座。现在人生一下子转了个弯。朋友说他前后简直是判若两人。的确，他对物质生活的要求越来越简单，对精神生活的追求越来越重视。

2

初夏，有些闷热，政府办公大楼的空调调得太低，鸣芝的肩胛骨有些吃不消，关节也有些酸痛，她拿了条披肩搭着，但好心情冲淡了身体的不适。

前天，鸣芝花六十万买了套近一百平方米的精装商品房。

六十万，小数目，她都没有告诉甄岭。

她才不需要甄岭来决断什么，这方面她的眼光好得一塌糊涂。她反倒是嫌弃甄岭的懒散，这三四年，他正经事不做，净伺候些花啊鸟啊，提前进入退休状态，好像越来越没出息。幸亏这个家有她撑着。

早上，鸣芝问："乔平新城的房子看下来如何？你把他们的户型图给我看看。"

甄岭在厕所，哗哗的水流声遮盖住了她的问话。她想，算了，过几天再说。

　　茶桌上有包纸袋装的茶，她瞄了一眼，微绿。想起昨天去鱼行街检查工作的时候，看见一个人伏在地上用纸袋装蛇骨粉，城管过来，拉了那人就走。蛇骨粉撒了一地，还有一张硬纸板，上面写着：蛇骨粉适用于缺钙人群、有中风先兆者、老年人、青春期、生育期、哺乳期、绝经期女性。

　　鸣芝敏感的是最后一个词语：绝经期女性。她也快了，滴滴答答，日期也总是不准。绝经意味着什么？子宫萎缩，提前衰老，女人的风光不再。

　　她不想考虑这些糟心事。可越不去想，越是会不经意间看到，扎心。甄岭倒是会宽她心，说："什么年纪什么状态，有什么好焦虑的呢？放心，你越老越有韵味。"

　　隔壁办公室半年前新来的科长小陈嘴甜，在只有他们两个人的时候直接称呼她鸣芝姐，他真诚地说："鸣芝姐，你比我姐姐年轻很多，真的，像赵雅芝，是个不老的神话。"最后一句话表达得有些煽情，但鸣芝受用。小陈是八〇后，笔杆子、嘴皮子好，还喜欢运动锻炼，人长得高高大大，清清爽爽，鸣芝站在他边上，会产生莫名的眩晕感。

　　她想起很多年前她搭轮船去香港，维多利亚港闪烁的霓虹灯下，一个男子和她搭讪，好像就是小陈这副模样。

耳边隐约传来海浪拍打礁石的声音、游客因为船的颠簸而发出的一阵阵兴奋的尖叫声、海鸥欢快的唧唧声……她坠入现实的幻境中。那时她大学毕业没几年，出落得芙蓉花一般。

依稀记得，男子那双眼睛，有点狡黠，有点花气，又有点真情实意。

咚的一声，鸣芝的头撞到了门框上。小陈下意识去安抚，热热的鼻息喷到鸣芝脸上，鸣芝稳定了情绪，笑了笑，说："没事，没事。"

下班后鸣芝去菜场，一路经过强光中融化不掉的喧闹：财神爷乐透彩券行、床垫行、巧梅中介、美佳便利超市……她又看到了那个卖蛇骨粉的男人，他换了个地摊位，神情愉悦，脸部表情生动丰富。

她意味深长地凝视了他好几分钟。

3

甄岭和萧岚不晓得怎么在法慧寺景区碰上了，两人相视一笑，撞见就是一种缘分，那就一起游园吧。

俩人很快便登上九层之塔，风吹铜铃动，清雅心静。这个午后，甄岭感觉很舒适，许是和萧岚在一起的缘故，她是个安静的人，说话慢吞吞，脚步轻悄悄，心念也是极浅的；又或许是寺庙里特有的气场，不容人喧哗。

在九层塔上眺望，同玄镇就在眼底。甄岭最喜欢的是古镇东边的一片白墙黑瓦，有一小块区域还没拆迁，屋顶连缀得自然朴素又极富立体感，上面有盆栽，甚至看得见慵懒的猫。

他们还去了莲花池。莲花开得十分洁净，暄妍夺目。微风一吹，花香飘到鼻下。假山亭子里挂着一盏灯笼，甄岭和萧岚坐了十分钟，伴着竹影清风、斜晖云影闲聊。

闲聊中甄岭得知萧岚原来是在上海工作，后来念头一转，回到同玄镇，自己开个小店，制茶焚香卖卖笔墨纸砚和小文玩。

"我喜欢同玄古镇，安静。"她穿着一件素色茶人服，乌黑柔顺的长发用发卡夹了一下，披在素服上显得很飘逸。

甄岭问起那折扇的来历，他想再买一把。

她说，此幅作品成于三年前，同玄镇的五位书画家在桃花坞举行了一场扇面展。桃花坞和唐伯虎有关，提起这个，老百姓不禁联想到花下醉眠的风流才子唐伯虎。那阵子微信上疯传历史文化古街桃花坞将要被政府拆迁改造的消息，老百姓情绪难以平复。

　　甄岭说："如果真是这样，那太可惜了。"

　　萧岚点头。

　　寺庙外墙摆放着一些石碑。在这样的寺庙邂逅，甄岭不敢相信自己的眼睛。

　　这次碰面，两人性情相合，品位一致，都平添了对彼此类似知音的好感。

　　法慧寺离萧岚的店并不远，两人边说边走很快就到了。于是用清泉煮茶，用素雅的陶瓷器具斟茶。萧岚的小店布置得像个艺术馆，灵璧石、琴桌、花窗，一日有一日的味道。

　　萧岚说："今天喝铁观音，半日闲可抵十年浮沉梦。"

　　甄岭赞同，两人聊到茶道在日本的发展，不约而同地想到了一个城市，日本京都。不禁赞叹那是真正的好地方啊！雅致、洁净，传统文化保存得原汁原味。

　　正当两人聊得起劲的时候，鸣芝来电话了，她说："我在乔平新城，你到底看了哪些楼盘？把中意的说给我听一下。"

　　甄岭尴尬了，支支吾吾，鸣芝听着奇怪，问："你在哪里？到底有没有去看过？净忙些什么破事？"

　　甄岭倒也淡定了："喝茶，没空去看。"

鸣芝气得一鼻子灰:"你喝茶还没空去看?"

甄岭听出了她的气急败坏,笑了:"我是无事忙。"

鸣芝打电话时,旁边有小姐妹在,嘲笑她道:"你这个老公被你惯的,喝茶,没空去看,还振振有词!服了服了!"

鸣芝好不容易平息了怒气,干笑,无可奈何地说了一句:"我天生劳碌命。自找的。"

4

甄岭回到家的时候,鸣芝已喝了半斤白酒,醺醺然斜躺在沙发上,高跟鞋一只甩在门口一只趴在沙发底下。去年体检的时候鸣芝查出血脂高,医生建议她尽量不喝酒,但场合上不沾酒也不现实,鸣芝从二两渐渐递增,现在早忘了医生的忠告。

鸣芝在梦境里穿梭,她好像看见桌子边围坐的全是比她爷爷还老的老人,他们慈眉善目,呵呵笑着拿出一碗碗葱烧鲫鱼、凉拌豆芽、雪里蕻小干丁、茄子塞肉……一会儿老人们都不见了,只剩小陈贴着她坐,到底年纪轻,八两白酒根本不在话下,他给鸣芝挡了两杯。

混沌中鸣芝看着小陈刚健的身体,仿佛维多利亚港的海风又吹来了。万家灯火,交相辉映,让人不自觉摇曳起来。她居然和那个搭讪她的男子又一起去乘坐天星小轮，他们手拉着手在铜锣湾夜市上吃潮州打冷、越南小食、香港各种海鲜……男人亲吻了她，拥抱了她，她都没拒绝，当男人在树林里抵着她想要做下一步动作的时候，她一溜烟跑掉了。

鸣芝自知胆子大，喜欢冒险渴望浪漫。

据说太湖边的乔平新城要建得像维多利亚海港一般繁华，鸣芝觉得有些过于理想化，不过现在到处都是投资开发，变化日新月异，未来会发展得如何也未可知。

昨天小陈悄悄在鸣芝车后备厢里放了两箱海外燕窝膏。这小伙子就是讨人喜欢，察言观色，灵光得很。

她喝得还算有节制，在场的人都酒酣耳热，根本不会有谁去注意别人的举动。她身体倚过去，小陈胸膛宽厚，才搭着了一点点，内心好像火苗从煤炉中乱窜。小时候父亲在巷子口嚷道："扇火啊，用力！这样煤球才能彻底点燃！"她嘟囔着，不停咳嗽，被烟呛得眼泪鼻涕一堆。

小陈挨过来，回应着她，好让接触面更大一些。火苗更大了，她的头发好像都要烧着了，呲呲呲呲，头发没了，烧成一个光头，仿佛王姬在《红粉》里扮演的角色。鸣芝一点也不喜欢男主角王志文，他瘦得像麻秆，脸部缺乏表情，也不知道当年为什么迷了一大群女粉丝。

她在小陈温暖胸膛的呵护下坐上了车，回家！车轱辘转起来，她也彻底断片，中间说了什么话，做了什么动作，是否呕吐，天晓得！

沉沉的夜色，维多利亚海港的风又吹起来了，张明敏在唱："让海风吹拂了五千年，每一滴泪珠仿佛都说出你的尊严……"她只记得这首车载音乐，沧桑又深情。一遍又一遍，一遍又一遍，似乎播放了好几十遍。在歌声中她张开双手，像只鸟儿般飞得逍遥自在。

5

清晨醒来，窗外中雨。

下下，停停；停停，下下。空气潮湿。周末不用上班，鸣芝躺着乜眼找甄岭。甄岭不在，他喜欢清晨出去散步，哪怕下雨，也外甥打灯笼——照旧。

鸣芝原想冲他发火的。"喝茶，没空去看！"什么屁话？现在她的火自觉消了，她酒喝多了，歪躺在沙发里，定是甄岭抱她回床上的。酒后她无意识里会哼唧什么，甄岭会听出些什么？鸣芝靠在枕头上晕晕然，后来觉得也没什么可怕。听到就听到吧，酒话，胡话，谁还当真呢？

桌上有熬好的粥，还有生煎馒头。她喝点粥下去，胃顿时舒坦多了。等了半晌，甄岭还没有回来，估计直接去菜场了。

小陈发来微信："鸣芝姐，燕窝膏直接食用，每天一次，两勺即可。"真正是个贴心暖男。鸣芝回复了一个笑脸。

他又发来信息："周末好好休息，做个睡美人。不打扰鸣芝姐了。"有理有节，还有些小小的俏皮，鸣芝扑哧笑出来。

房子的事昨天也谈拢了，乔平新城十八层的观景房，一百八十平方米，房地产王总给她打了七折。这房子她想将来自己住，或者给儿子住，国外留学回来也要有落脚点啊。

燕窝膏凉丝丝的，和下雨的氛围很合。鸣芝慵懒地伸了伸腰，奇怪，甄岭还没有回来。她特地到他书房兜了一圈，见桌子上有一把折扇、一个沉香木手串。他在关注些什么，她不晓得。他们夫妻之间的对话其实少之又少，连睡觉基本都是分床而卧。

分床睡，是因为她睡觉会打呼噜，而他夜晚要读书。他不是什么大文人，但喜欢枕边放《庄子》《明清小品文》《茶之书》《千峰映月》……她讥笑他，越来越像个僧人了，清心寡欲。他并没有被嘲笑之感，温和笑笑。

"鸡同鸭讲。"她心里冒出四个字。

算了，算了。

算了。

6

渡僧桥，甄岭正在这座桥边溜达，一个人定定心神，笃悠悠。萧岚告诉他，这桥是二十世纪九十年代后改建的，钢筋混凝土浇筑而成，全然没有了往昔的风采。

原来是怎样的呢？是座漂亮的石拱桥，上下曲折共七十二级石阶，两侧有桥联："天垂玉炼通壕堑，地近金闾重股肱"。这座桥上商贾往来，贩夫交易，可见非一般热闹。

名字好听，有禅意。他琢磨着要去走一走。尽管桥已经没了昔日踪影，但气韵还在。萧岚翻出来乔平城的老照片，两人不禁唏嘘感慨，同玄古镇曾经有很多文化遗迹，可惜近些年越来越少。

雨丝飘荡，甄岭想象着一个僧人在高高的石拱桥上行走，小巷深处，是湿津津的青石板路。那种感觉，真是太妙了！

萧岚从上海回到同玄镇，带着个小孩。她没有明确谈论起她的婚姻，但甄岭是聪明人，揣摩出一定是离了。从她脸上丝毫瞧不出离异之人生活的愁苦，相反，恬淡、宁静。甄岭暗自惊叹萧岚对人生的态度，她喜欢读书，见识也广，京都的幽寂、巴黎的艺术、捷克的文化遗产……她能聊出许多有见解的话题。

不少地方，她都转悠过。

这种谈论没有一点卖弄之意，而是风行水上，水到渠成。甄岭曾经也热闹张扬过，为了陪客人曾把胆喝坏了，成了无胆英雄，如今细想根本犯不着，作践自己的身体是对人生最大的不敬，还不如潇潇洒洒按着自己的性情生活。

他们聊得海阔天空，一坐一个晌午。店里其他客人也有一些，错落着过来，一起喝会儿茶，清谈片刻，就转身走了。唯独他甄岭，像是被磁铁紧紧吸住了，非要到差不多的时候才起身告辞。

昨晚，他从萧岚那里感受到了日本作曲家坂本龙一的音乐，她仿佛在打开一扇扇窗户，源源不断地给他带来新鲜的空气。

没错，他听到了大自然的天籁之音。

萧岚说："想不到吧，坂本龙一坐在冰山的边缘，牵着一根绳，将录音设备沉入冰下。冰下传来汨汨水流声。'我正在垂钓声音啊。'他小声说，说完笑了。坂本龙一一直以来都钦慕长久、不灭的声音，大概就是类似江河流淌、海浪击岸、树叶被吹动的声音吧。"

他沉浸进去，忽然觉得自己也成了山林里的一滴水、一阵风、一片树叶。

萧岚悠悠然叹道："这个年近七旬的老人，五年前得了癌症，但依旧用极致精神去追求音乐的永恒。生病后他有一句话说得特别触动我的心灵：'人生还有多少满月之姿？我们不知道何时死亡，人们总以为生命是一口永不干涸的井。我们所痛恨的就是如此可怕的准确性。唯有当回忆童年，总有深沉的温柔泛起。'"

他长久坐着，眼眶有些湿润。

煮茶的银壶里水声噗噗，茶香弥漫了一屋。甄岭的内心也湿润润的，他忍不住有些妒忌萧岚，她怎么能活得如此通透？

7

甄岭还没回家，推门而入的是鸣芝父亲。他讪讪的，从农村赶过来，也不打招呼。鸣芝给了他一些钱。他并不缺，有退休金，有房租，可他还是叫穷，不停打电话过来，一会儿说没有买烟钱了，一会儿说没钱买油和大米了。递钱那一瞬间，鸣芝貌似轻松，眼神稍抬高。父亲两手在腰间擦净接过去。

父亲说，他很无聊，无事可干。他无奈地看着鸣芝，企图让鸣芝给出一个答案，鸣芝也生气了，说："你去公园散散步或者养只狗啊！"

甄岭一直没有回家，没有人做饭，父亲嘀咕了几句，鸣芝情绪变得很糟糕，她喊了两声，父亲说："你不会自己弄一些吃？"鸣芝说："没有胃口。谁晓得你今天来？冰箱里没菜。"父亲问："那我来得不是时候？"鸣芝没好气地回答："是啊！"父亲顿了顿，转身门都没关就走了。

等父亲没了踪影，鸣芝才意识到说话过分了，自己莫名其妙生气，莫非真的是更年期症状？除了和小陈在一起时身心愉悦，其他时候很容易纠结。和儿子通电话也是，三句话没说完就忍不住批评指责。惹得儿子很尴尬，算了，掐断为妙。

甄岭究竟在搞什么鬼？

她忽然警醒过来，问题是不是出在甄岭身上？让他去看个房子，磨蹭了两三个星期，最后居然以一句"喝茶，没空去看"搪塞过去。周末不好好待在家陪她，上哪儿去瞎逛了？好像他越是淡定，就越逼得她肝火旺得火星四溅。噼里啪啦，她抓住扫帚柄猛地敲打起桌子，直到桌上的玻璃花瓶哐啷震倒在地上，她才悚然一惊："这还是我吗？这不应该是我啊！"

雨还在下，梅雨季节，就是这样湿淋淋和乌糟糟，她小时候最讨厌这种天气。在维多利亚港的那个夜晚后来也下起了雨，他们躲在植物园宽大的芭蕉叶下，吻了又吻。他从厦门过去，据说在香港做生意，穿着尖头皮鞋，头上的油抹得滑溜溜。她在尽情感受男女之吻时也低声质问自己："这还是我吗？这不应该是我啊！"

"可这就是我啊，不可否认！"她承认这才是真实的自己。这么多年来她没有和甄岭说起过这段经历，这是永远只属于她内心的个人秘密。

"甄岭，你给我立刻出现，否则老娘和你没完！"

甄岭真和她较上劲了，到下午一点还没回来。雨越下越大，疯狂，无序。

这个男人，也学会作骨头了，哼！她冷笑了一声，没错，她和甄岭之间已经有了一条鸿沟。

鸣芝想，他是不是喜欢上了其他女人？

她心一紧，扫帚柄落在另一张桌子上。当然，仅是猜测，任何事都要有证据。她隐隐约约想起别人夸她老公的闲话，什么玉树临风啊，什么气宇轩昂啊——她像赶苍蝇一样把手一挥，都什么屁话啊，一个无用的无事忙。他的胸，他的背，他的腰肋，她很久很久没有去碰触了。

他经常对着她讪笑，自我解嘲说"没用了"。

她听得懂，也不接话头。

父亲背来一袋子红薯，扔在墙角，袋子破了，红薯滚出来，仿佛一个个赤膊上阵的小伙子，嗡嗡有声，在帮她一起质疑。

等甄岭回到家时，窗外已墨色团黑。

萧岚瞟了眼丈夫，感觉自己忽然放下了，天要下雨娘要嫁人，随他去吧……

没过几日，局里要推荐一个年轻干部晋升为局长助理，班子成员组织开会，要求大家提建议。

现场参会人员敛声屏息，慎重思考。

鸣芝想了又想，最终填写了小陈的名字。举贤不避亲，小陈是她手下，用起来得心应手，但他一定渴望有更长足的发展。她一撇一捺写下他的名字时，内心涌动着不舍。

8

黄梅天把人的心情闷得很糟糕，好不容易挨到雨过天晴，鸣芝赶紧到乔平新城湖边走一圈。蜻蜓从青青的芦苇丛中飞出来，成双结对，和她撞了个满怀。她想：这里这么多蜻蜓啊，归根结底是因为这儿的生态环境好，适合人居住。

房子定金付了，接下去就是银行谈贷款等事项。程序颇为烦琐，要夫妻俩一起签字。银行和她约了周六下午，她和甄岭说了，他也算有回应，抬起头，清淡的眼神穿过眼镜片扫过来，心不在焉地说了声"哦"。

周六下午鸣芝收拾好准备出门的时候，发现甄岭又不见了，打他手机，死活无人接听。前阵子累积下来的情绪压在一块儿爆发了，她怒气冲冲，在他书房乱翻乱找，企图发现蛛丝马迹。

她翻到《千峰映月》时发现书里夹着一页宣纸信笺，上面用小行楷抄着几行字：

春天去匆匆，

琵琶湖畔近江人，

惜春情意浓。

最后落款处写着"萧岚手书"。

萧岚？鸣芝很疑惑，这很像《红楼梦》里一个丫鬟的名字，现实中一定有一个叫萧岚的女人，她会写书法，会迎合甄岭的口味，你看看，抄写的内容也是情意绵绵表心意的那种。

鸣芝顿觉五脏六腑像被什么野兽的利齿撕咬着，一屁股落在沙发上，半晌说不出话。她想，幸亏发现得及时，否则所购房产作为夫妻共同财产不晓得会被外人分掉多少！脑袋里嗡嗡嗡如无数只马蜂飞出来，蜇得她满脸肿胀，她用镜子一照，发现自己彻彻底底变成了一个妖怪。"啊"的一声，她号啕大哭起来！

哭了一场以后，她反而平静了。

房子要买，要以儿子的名义买。她横下一条心。默默端坐了一个下午，室外的阳光由热辣变得萎靡不振。

她想，怎么办？

她会提出离婚吗？鸡同鸭讲的生活，她受够了。

凑合着生活，也许关系也不大。维多利亚港的秘密藏在她心底，也在随着时间不断发酵，有陈年老酒的醇味。

雨帘中，小陈成了从厦门到香港做生意的男人，在棕榈树下，哦不，在芭蕉叶下，想一把扯下她绿色的裙子。这回，她想给，非常想给，又怕心有余而力不足。不不，也许不给还是最好的，她望着远处一簇盛开的夹竹桃，耸耸肩。

甄岭电话打过来，说："不好意思，手机落在朋友茶店里，现在才拿到，耽误你事情了，真不好意思。"

她"哦"了下，并不接话。

9

雨又落了一夜。早晨，小区门口积满了水。

甄岭和萧岚在茶店忙着给政协写提案，提案主题是"保护和修复同玄镇古迹刻不容缓"。甄岭最近几周一直在四处考察，桃花坞古街地面、渡僧桥的桥墩、法慧寺的山门和碑刻都破坏得不像样了，亟待政府关注，需要投入专用资金进行修复保护。

"提案递交后，总会有一些效果的。"萧岚一边敲打键盘一边说。

两人忙完，喝茶。几案上正翻卷着《苦瓜和尚画语录》："镇日来无人，水木空清妍。精庐中有诵经人，坐占秋山山一角。"甄岭读两遍，喜欢极了，端端正正誊抄了一遍。

萧岚是特别随性的人。或者说，他们俩互相随对方的性格，你想喝茶就喝茶，你想写字画画就写字画画，你不想说话就不说话，发你的呆想你的事，你想海阔天空聊艺术聊生活，可以！有机锋有内容。

甄岭想到王维在辋川和裴迪的山居岁月，真是好啊，古槐树的花开得粉嘟嘟的，压满了树梢，群蜂嗡嗡响，王维和裴迪有一搭没一搭地聊，对诗，喝酒，饮茶。

萧岚弹了一会儿古琴，甄岭静坐半天，说："出去走走吧。"

不觉走到同玄镇东头，那里聚拢了人，人声喧哗。走近发现是某个银行内部搞活动，一个个油头粉面。城墙公园里，几个老男人在闲谈，说到一个诨名叫"大背头"的人。说他以前靠开出租车谋生，后买了房，喜欢嫖赌，俗称"白相客"或者"混客"，离了两三个老婆，现在和一个台湾女人厮混在一起，坐吃山空，真正一个戆卵。

甄岭听了就笑，以前他生意圈里的"白相客"有好几个，现在都断了关系。

甄岭和萧岚沿着运河走了很长一段，看到一个别墅群，好几处空关着，前后院子却种满了丝瓜，黄色小花开得朴实逗人。

他突然记起老婆鸣芝前阵子揪住他要买房的事情，怎么一下子冷却了？不对，老婆好像和他说银行贷款夫妻要共同签字的，他忘得一干二净！唉，回家赔礼道歉吧。

10

果然，局里提拔了小陈，速度之快超过鸣芝的想象。人事调动的红头文件来了，搁在鸣芝的办公桌上。

小陈搬到了另一间单独的办公室。她给他发了微信，他也没回，估计要理清工作向一把手汇报。可是后来一起办公开会，除了正常的工作探讨外，他几乎没有再和她说过什么贴己的话。

鸣芝委屈地意识到：他看她的眼神越发没有情意，一副公事公办的模样。

风刮起来，窗帘被掀开一大片，带翻了窗台上的兰花盆栽，哐唧一声打在地上。

她抽搐了一下，被利用的滋味真不是一般人能体会的。

买房子的事情暂且按下，她转念想要摸清甄岭的鬼把戏。她打算先装作浑然不觉的样子，对，装傻，探探他和那女人的关系。

鸣芝刚回到家，父亲后脚就进了门，无事不登三宝殿，又扛了一袋子红薯。鸣芝说："拜托啊，不要拿红薯来了，上次拎过来的红薯还没吃掉，都在发芽长叶子了。"

"又缺钱啦？"她没好气地问父亲。

父亲嘿了一声，说："你二伯没了，要出白份钱。"鸣芝一怔，问了声怎么没的。父亲说："一头栽在了酒缸里，照理说酒缸并不大，他把头伸进去看看，到底还有没有酒，结果像插葱一样，窒息了。"

鸣芝晓得老一辈还有酿米酒的习惯，一缸一缸的水化开，从秋分喝到清明再喝到小暑。没料到竟出了这样一个意外。归根结底，是没有控制好量，酒喝得太多了，家人也疏忽了细节。鸣芝细想自己喝多了的状态，是不是也没了人形？不由冷汗一层。

甄岭在厨房里忙，看见老丈人来，很高兴。倒了二两白酒，让老丈人先喝起来，说再做个鲫鱼汤。鸣芝冷眼看他神采飞扬于锅碗瓢盆间，态度越发冷冰冰，她说："这鱼有泥土气。"

"不会吧？"甄岭将手在围兜上擦净。

她瞥了一眼甄岭，她想使他突然陷入一种荒唐的困境之中，不由怪声怪气起来："哦，今天怎么有空做晚饭，不喝茶了？”

“哪有一天到晚喝茶的？”甄岭切葱花。

她倚在厨房的移门上，说：“忙着喝茶，忘了家里重要事情的也是你吧？”

甄岭晓得她生气银行贷款爽约的事，满脸堆笑：“我没记性，年纪大了，忘记的事越来越多……”

鸣芝冷笑：“却忘记不了和萧岚喝茶。”

甄岭抬了一下头：“我和你提起过萧岚？”

“何止！你一个劲儿夸萧岚，才女，真正才貌双全，难道都忘了？”

甄岭拍了下脑袋，像电影中的加菲猫：“可能，那还真健忘了，萧岚真是个有个性的女士，有空带你去认识下。说不定你会有所触动，别整天绷着根弦操心这操心那。”

11

“笑话，我不操心，难道跟你一样坐吃山空吗？！”鸣芝把内心的积怨发泄出来，说话语调也跟着上扬。很快，她的胸腔像柴油桶里丢了一根火柴进去，噼噼啪啪火苗蔓延开来，她跨上前一大步，毫无征兆地扇了甄岭一记响亮的耳光。

"你疯了吗？"甄岭呆了。

正眯着眼睛喝酒的父亲也傻愣住了。

鸣芝冲进甄岭的书房，撕那写有行楷的宣纸，不仅如此，桌上的几把折扇也被她随手撕得粉碎，爽气，解恨！

她索性想挑明了告诉他，那个维多利亚港的夜晚，她和一个素不相识从厦门到香港的男人亲热，钻在芭蕉叶下，她发嗲发痴到极致，把陌生男人弄得七荤八素。

甄岭盘了近两个月的折扇可怜地散了骨架，被丢掷在墙角。他脸上拂过一种迷惘的神情，讷讷地问了声："我哪里得罪你了？"

她冷笑，只是冷笑，然后返身进卧室，从抽屉里掏出一个小药瓶，张大嘴巴，灌了一些白色药丸下去，等甄岭发现时药丸已经顺势滑到她肠胃里。鸣芝自己也没有想到，她会如此过激，过激得无法控制事态，她原来只想装装样子的。

幸亏送医院及时，没有大碍。只是催吐、洗胃折腾得鸣芝浑身无力。她自己也魂飞魄散，吓得不轻。自己到底怎么了？狂躁到要发疯的地步，这是她从来没有过的举动。所有这些，都是更年期症状吗？她怎么像一个失去理智的小姑娘一样作死作活——她失恋了——只有她内心明白，说出来是一种耻辱，她不会说出来，死也不会说出来！就让它和维多利亚港的雨夜一样尘封。

难道她只是和自己谈了场恋爱？

她悚然一惊，影子印照在医院的白墙壁上，像《聊斋》里出现的人物。甄岭松了口气，他看着鸣芝头发上残留的水滴，说："好了，没事就好了，吓死人了，你老爹也吓得脸色煞白。"

鸣芝低声嘀咕说："你和萧岚还要喝茶吗？"甄岭不吱声。鸣芝又问："宣纸上的情诗还要写吗？"

甄岭忍不住辩解："鸣芝你想歪了。那首不是情诗，是日本人写的俳句。"

鸣芝看见护士手上拿着针筒。她小时候最害怕打针，有一次梦见一个男生拿着针筒满大街追她，街道上的人七嘴八舌地争吵着，她想喊"让开，让开"，可是喉咙里怎么也发不出声音。追她的男生把针筒细尖的部分凑上来要扎进她胳膊时，她猛然醒来，满头大汗。现在护士来了，她很强硬很生气地说："我不要打针，走开——"

然后她用一种陌生的严峻的目光直视着甄岭，问："你和萧岚是不是已经上过床了？"

甄岭惊愕得张大了嘴。

小护士吃惊地看着这对夫妻，忘记了手上要干的事情。鸣芝转身又对小护士吼道："走开！我家里的事，用不着你来看热闹！"

甄岭扭过脸看着窗外，那里开着一簇簇夹竹桃。鸣芝提高了分贝，继续质问："你们上了几次床？想不到，你这样龌龊，这样喜欢偷腥，喜欢吃里爬外！"

甄岭皱了皱眉头，听不下去了，他停顿了一下说："你爱怎么想就怎么想吧，日子真不想过就别过了。"

12

甄岭离开医院，打了鸣芝姐姐的电话，让她来照顾。

雨又开始飘飘洒洒。他点了支烟，不声不响地抽起来。已经戒烟三年了，但现在就是想抽。

他独自去了三茅峰。原本是想约萧岚一起去走走的，现在鸣芝这样一闹，把他的心绪全部破坏了。

三茅峰荒僻，古迹倒是因此而保存得很好，石径、石井，还有一路的摩崖石刻，据说不少是民国元老李根源所书。甄岭心生感慨，人生一世，草木一秋，实在不如这些石头来得从容淡定。

整座山笼罩在蒙蒙细雨中，空山不见人，只有他一个人踩着湿漉漉的石阶向上走。甄岭品悟石刻上的"洗心"二字，两耳听那水声潺潺、鸟鸣婉转，不由渐渐放宽了心。他想，也许他对鸣芝的关心少了一些。夫妻一路相伴几十年，哪会不起些小矛盾、小疙瘩呢？包容，包容吧。

雨中的山影是青灰色的，空中一些云朵慢慢移动，颇有徘徊流连的味道。

甄岭想起大学时和鸣芝的约定，将来有了一定的经济条件，要去挪威、丹麦等北欧国家转转，看看人与大自然如何和谐相处。早些年一直在奋斗、奋斗，等到钱有了，却好像不断在迷失、迷失。两个人忙碌得一直没有时间，主要是鸣芝，单位里根本请不了假。

看看人家萧岚，去过巴黎、京都、里斯本、马德里……格局大，内心通透，自然不会被小情绪羁绊。人家萧岚心里清清楚楚，人生要什么，不要什么，什么该做，什么不该做……他喜欢这样的女人，干净、不俗。

他想鸣芝什么时候也想明白了，就好了。人啊，怎么活着活着就变了样？

三茅峰的水清凉洁净，水从石头缝隙里流淌而出，淙淙铮铮。他想到了坂本龙一，在北极的冰层下垂钓声音，这个可爱的老艺术家，对美的追求执着纯真。

他想和鸣芝好好谈谈，或者说，出去转一圈，拾回他
们的初心，毕竟他们未来还有几十年的路要走。

13

鸣芝的状况不太好，出现耳鸣。

嗡嗡嗡嗡，好像有千百只马蜂云集。其实前一阵子她
已经有这种状态了，只是声音还不够大，现在，情况严重
了，被诊断为内分泌失调和自主神经功能紊乱。

医生建议她去看老中医，好好调养一下身体，尤其是
妇科和神经内科。中医治疗的时间长但有效果，一定要有
耐心，不要着急。

窗外的夹竹桃开得极艳，红白相间，鸣芝知道它有毒。
它还在大片大片张扬它的美貌，挤眉弄眼，像一群年轻女
孩在讥笑她。医生给她开了两个月的病假进行调养，单位
会不会批准呢？应该可以吧，按照惯例，她属于马上退居
二线的老同志，好好歇着吧！果然，电话打给一把手李局，
李局一口允诺了，说："放心吧，好好休息，陈局会把你的
工作都安排好的。"

陈局？她被口水噎了一下，说："嗯嗯，是，多谢李局
关心。"

　　她有气无力地放下手机，脑袋中恍若深海雷达被干扰的沙沙声又响起来了，小陈是在步步为营吗？她闻得到他的鼻息，听见他心脏有力搏击的跳动声……他就像太平洋深处的马里亚纳海沟不断吞噬海水那样，咕噜咕噜不动声色地吸食她身上所有的热量。

　　天算是放晴了些，阳光依旧不热烈。甄岭回来了，拎了些水果。多吃蔬果和清淡食物，正常休息，是调养身体的基本准则。

　　他伸出手，轻抚了下她的鬓角。她的脸色还沉郁着，但嘴角的线条开始放松。他又轻抚了下她的脸，她瘪了下嘴，滚下几滴泪，然后把脸伏在他掌心里，抽抽噎噎。

　　她像个孩子，虚弱、无助地哭了很久。她哭得好委屈，一字一句在心里哭喊。

　　"一个月，我就觉得我的心是空的。空，空，空，空空荡荡的，空，空，空，空空落落的，除了空，空，空，还是空，空，空……"

　　"空，空，空……"变成了"嗡，嗡，嗡，嗡……"在折磨她。

　　甄岭轻轻拍打着她的背，像哄孩子睡觉一样，他看见她鬓角处新冒出来两三根白发，不由嘘唏，是啊，他们都在慢慢一起变老，谁也不应该嫌弃谁。

一早甄岭被尿憋醒了，天刚蒙蒙亮。他从卫生间回来后，打开了鸣芝的房门，没人。他心里头吃了一惊——怕她又有什么过激行为。他到客厅，到书房，发现鸣芝坐在那里，一动不动，像尊泥塑。

他怕触动她什么，也就不多发问，随她静静坐着。

萧岚反倒联系他了，平时她很少主动。

她微信留言："甄岭兄，今日临时去上海办理事务，恐怕下午回来会晚一些，能否帮我到幼儿园接一下孩子，然后带他去茶店。钥匙他有。"

"好。放心。"他回复她。萧岚难得开口，想必也是没办法了才找他。

这是朋友的信任。萧岚的孩子小翎他见过几回，早熟，斯斯文文的一个小男孩。

14

小翎在幼儿园门口张望着，甄岭走过去牵起他的小手。小翎很乖，叫了他一声"甄伯伯"，也不多话。甄岭问道："饿了吗？伯伯先带你在外面吃点儿。""谢谢！谢谢甄伯伯，妈妈在冰箱里都留好了，回茶店就行了。"

小翎话语简洁，礼数周全。

因为下了好几天雨的缘故，路边的槐树、杨柳树都油亮了，蓬勃、焕发。蛙鸣、蝉鸣比鸟叫还突兀有力。甄岭牵着小翎的手，在清亮亮的青石板上行走。

小翎低声说了句："我爸爸快要结婚了，然后到澳大利亚住，再也不会来看我了。"

甄岭愕然，但明白小翎绝不是在说谎，他小小的眉间锁着忧愁。他攥紧了小翎的手，脚步放慢了些。他不知道如何安慰小翎，幸亏法慧寺街上蹿出来一只雪白的小狗，转移了孩子的视线。

"爸爸在国外造房子，一幢又一幢。"孩子又爆了一下料。

"哦。"他蹲下身子，揉揉小翎的脸蛋，"别担心，等你长大一些，可以乘飞机去看他啊！"

回到茶店，甄岭在冰箱里找到萧岚做的炒饭和华夫松饼，微波炉加热后递给小翎。萧岚发了好几条微信来，说："快到了，不好意思，麻烦了。"

甄岭回复："不碍事的，不着急，我也无事可忙，在你店里喝茶写字呢！"

　　萧岚三十岁左右，这婚应该是离了有两三年了。她好像也不着急，没有要再婚的心思。至于萧岚离婚的原因，甄岭不想去猜测。他想，一个人在世上兜兜转转，最主要的还是渴望心灵自在吧。

　　萧岚赶到店里的时候接近晚上七点。她急匆匆的，额头上沁满了汗珠，脸色红润。她连说了两句"不好意思"，甄岭说："小翎懂事，看着也喜欢，不妨给我当干儿子。"萧岚笑了，也不当真。

　　甄岭忽然冒出来一句："挪威的卑尔根你去过没有？"

　　"十分有个性的城市啊！"萧岚接话，"我超级喜欢，三个字概括：'鱼''愉'和'雨'。那次，天降大雨，我正在教堂附近，躲在一棵大树下，雨越下越大，没办法，只得跑到屋檐下避雨。后来，我索性买了一件防水外衣，哈，从此风雨无阻。"

　　"和同玄镇差不多啊，雨一连下这么多天。"

　　"那不一样，整个气息，整个氛围，明媚光亮。那里的鱼新鲜、肥嫩，没有腥味。鱼的种类也很多，让你吃个遍：三文鱼、鲑鱼、鳕鱼……你要去啊？"

　　甄岭点点头，这几天一直在盘算，他想带鸣芝出去走走，走出狭隘固有的空间，让旅途中新鲜的色彩去松弛她焦虑的神经。

萧岚安顿好小翎，甄岭也觉得该回了，他推了推眼镜，说："那我回家了，再联系。"

回到家中，鸣芝还在他书房里，她难道坐了一整天？甄岭心里一紧，他最近愈来愈怕和鸣芝说话，他怕听到她的声音，她像走进了一个魔障世界。

她问他："你是不是去了萧岚那里？"

"是啊，"他不想撒谎，"她今天外出忙事情，孩子没人接，我去帮了个忙，仅此而已。"

鸣芝又激动起来。甄岭说："求求你，别总是这样吓人。不如我俩去国外散散心，放下眼前的一切。"

15

鸣芝和这个世界生气，和甄岭生气，和自己生气。

她也想消化情绪，连续几个晚上的失眠让她心力交瘁。局里批了她半年的假期，半年时间会有很多变化，但这些变化和她都没有关系了。她内心涌荡着一种尴尬出局的无助，但这一切都不好说出来。不好说。真不好说出来。

一天下午，她经过菜市场，意外看到了摆地摊的卖蛇骨粉的男人。他眉骨高，头发抹得油亮，笑得畅怀。两三个拎着塑料袋的女人在问他："帅哥，蛇骨粉效用到底怎样啊？""百病包治，永葆青春啊！"他说。这时，一个女人说："呸，吹牛不打草稿！"一个女人说："好啊，看在你帅的分儿上，来两包！"

几个女人笑得花枝乱颤，高兴地接过蛇骨粉走了。

一种不着调的强烈醋意在鸣芝脑海中升腾，她走上前。

他称呼她："美女！"他笑起来真像古天乐啊，古铜色皮肤透着耀眼的光芒。"美女，看你气质高雅，用了我的蛇骨粉，会更加国色天香。"他像小学生写作文那样叠加辞藻。鸣芝听着竟很受用，"气质高雅""国色天香"，很久没有人这样夸她了，她多么渴望被宠爱被抬高！

她将明媚的眼神投递过去："给我十包。"

十包？男人手忙脚乱地从旅行包里翻出精装版蛇骨粉。

十包蛇骨粉沉甸甸的，坠得她手臂酸疼。但她开心了。男人说："美女，你笑起来真好看，像赵雅芝。"她心里咚地一下，小陈也说她像赵雅芝，赵雅芝难道是大众情人吗？她猛然对赵雅芝有了醋意和妒忌心，呸！她眼神中有了幽怨。

男人笑得更肆无忌惮了，还摸了下她的手说："美女，你真是好福气啊！嗯，好福气还在节节高升呢！"男人的嘴巴抹了一层蜜一样会说话。

她的快乐维持了仅仅五分钟，十包蛇骨粉被扔进了垃圾桶。地摊货，三无产品，有什么保障呢？她不会蠢到真的去吃。

骤然之间她愤怒到了极点，掏出手机，她立即打电话给城管，让他们去撵走并处罚这个卖三无产品的地摊男，看他还怎么和别的女人撩骚，他所做的一切低俗得让她想呕吐。

通完电话，瞬间她又陷入了困顿：好吧！我要放下眼前这一切，我要出去走走，散散心。

鸣芝想在出国之前见一下萧岚。

萧岚的店就在法慧寺街，离她家也就三公里远。再过去就是护城河，据说前天夜里护城河浮起来一具女尸，五十多岁，因水浸泡浮肿得完全走形了。鸣芝的心吓得怦怦怦跳个不停，仿佛她就是这个女人，站在护城河边哆嗦了很久，任由冷风吹着。这个女人怎么就想不开寻死了呢？警方经初步调查说是家庭矛盾造成，不排除他杀的可能。鸣芝脑海中的嗡嗡声越来越响亮，好像总有一只拖拉机跟着她。

"萧岚，萧岚！"快要到萧岚的店时，鸣芝浑身没了力气，虚脱得像一只被野孩子踩扁的青蛙，瘫着四肢鼓着眼，奄奄一息。

她才不要去呢！如今的她特别害怕被羞辱。甄岭说了，人家是精神很独立的女子，才貌双全。她要是去了，说什么呢？人家有教养见识广，琴棋书画样样精通，格调高雅。她鸣芝是俗世里的女人，只晓得抓住眼前利益，房子、钱财、权力、情欲，这是她动心的，抓在手上她才有安全感，去了才真叫自讨没趣。

16

他们选择去挪威。甄岭的意思是不要跟旅行社走，自己设计路线，随性一点，累了就歇，感觉好就多停留一些时日。鸣芝头又开始炸了，不跟旅行社，到国外岂不是两眼一抹黑，多危险啊！两人被骗了卖了都有可能！

甄岭笑了，说："北欧文明程度相当高，况且我们又不是一个英文单词都不会说，放松，放松。"

甄岭差点又提到萧岚，萧岚独自在全世界游走，潇洒得很，为了不激怒妻子，他还是把萧岚的名字吞到了肚子里。

　　鸣芝忍不住担心，她觉得这次旅行凶多吉少，要和甄岭朝夕相处十几天，她的暴脾气说不定会宣泄得更加歇斯底里。这是不是也意味着她和甄岭的婚姻快走到尽头了，在无可奈何地维系着，而甄岭提议到北欧走一下，也是作为婚姻解散的形式？

　　怎么办？怎么办？

　　勉为其难地同行吧，就算是一种仪式，也理应完成。她一次次叮嘱自己：不要轻易发火！

　　到挪威的第一晚，鸣芝就心神不定。有阳光的夜晚，她真接受不了，念念叨叨，说生理规律被强行破坏是最可恶的。明晃晃的太阳照耀着，她头痛得厉害，拉上加厚窗帘，戴上遮眼套，但辗转反侧，依旧不能入眠，她忍耐着没有发火。

　　甄岭没有说话，在窗口眺望，看着远处的天色，幽蓝、粉蓝、淡蓝，像莫奈的画。

　　实在熬不下去了，鸣芝才迷迷糊糊地进入了梦乡。梦中，她又嗅到了维多利亚港的海风。雨下得很不正常，像子弹扫射在她身上，她多处受伤，眼睁睁地看着血流成溪水状、小河状，最后汇流成海。

　　第二天醒来，鸣芝感觉头疼，脑袋嗡嗡作响，勉强吃了一些面包，她讨厌自助餐里的生鱼片、生火腿，她想喝粥，她想吃生煎、馒头，可是都没有——她的脸垂挂着，没有人知晓这个中国女人为何愤怒。

她把盘子碰得叮当响，有侍者向她走过来。她僵坐着，递上一个木木的笑容。

甄岭给她拿了些嫩鸡蛋，撒了些盐。他自在得很，入乡随俗，肠胃得第一步适应，然后放松心态，去享受眼前的一切，其他的什么也不用去考虑。

她撇了撇嘴，仍旧纠结紧张得像那只青蛙，那只被野孩子踩扁的青蛙，瘸着四肢鼓着眼，奄奄一息。她一定难看得要命，她想哭，她没办法调整好自己，子弹还在汇聚着射向她，她要死了。

她冲回房间，那一连串的动作显得笨拙、粗鲁和可笑。她在化妆镜前看见自己因为生气而无望的脸，法令纹太深了，深得让她的泪水瞬间模糊了脸颊。

甄岭回房间时，她已经擦干净了脸上的泪渍。

甄岭说："没睡好啊，来，再在床上靠一会儿，我们自助游，不赶时间，调整好了再出门。"

鸣芝仰面躺着，甄岭给她轻轻地按摩脑部。二十五年前就是这样，她一不开心，他就会给她按摩，二十年前、

十年前、五年前……他都是用这样的方法来消解她的不快。
熟悉的感觉萦绕着鸣芝，她想这些光阴跑得真快啊，就像
蚂蚱的腿，跑着跑着就飞走了。

甄岭哈出的热气喷在她脸上，他凑在她耳边悄悄说：
"小姑娘，不恼也不躁，赏你一件大红袄！"他把追她时陈
旧的那套又搬出来了，鸣芝想忍住不表示什么，但他不停
地说，不停挠她痒，直到她破涕为笑。

17

第二天在卑尔根海边，他们的节奏渐渐放慢下来。鸣
芝瞥见不远处有一对欧洲夫妇，女士老得优雅，浅紫色的
唇边挂着微笑，眼睛长时间地注视着海边忽上忽下的海鸥。
老先生慢条斯理地浅啜着咖啡。

海浪翻滚，蔚蓝的海面漾着光泽，透过树的罅隙映
照在鸣芝的墨镜里。她学着那位女士，挂起微笑，慢慢
欣赏。

一只海鸥站立在灯柱上，撒娇一样发出了叫声，带着
弧度。槭树干枯的叶子飘零，在地面上积累了厚厚一层。

甄岭说："挪威最著名的画家蒙克的作品就和森林有
关，和极光有关，运用数以万计的弯曲和夸张的变形。记

得鲁迅的《呐喊》吗？灵感就取自蒙克。"

"嗯。"鸣芝当然知道鲁迅的小说《呐喊》，多年前曾经
看过。

"你瞧，这些海鸥，明目张胆地来啄面包，是有名的
'北欧强盗'。不过也说明，这里人与动物的关系非常和谐。"

鸣芝懒洋洋地靠在椅背上，认真听甄岭讲解。

阳光灿烂，甄岭建议沿海散步。走着走着忽然下起了
大雨，甄岭拉起鸣芝的手奔跑起来，他们像两只麋鹿，在
森林中逃窜。鸣芝被感染，内心的阴郁在一点点向外释放。
恋爱时，他就喜欢拉着她的手东奔西跑。如今，他的手还
像当年一样有力量。

午饭时间到了，甄岭点了鳕鱼，油炸鳕鱼是他们到挪
威后品尝到的最美味的食品。太阳伞下坐满了游客，他
们用不同的语言诉说各自的生活，仿佛林中的鸟儿叽叽
喳喳。

鸣芝要了一杯白葡萄酒，她开始接受甄岭的建议：外
出度假要全身心放松。

第三天，甄岭按照萧岚的建议安排了游轮，前往松恩
峡湾，去弗洛姆小镇。只要是萧岚推荐的，绝对是好景致。
山峦在海水中沉浸，山顶覆盖着白雪。山峦被绿色植被覆

盖，五颜六色的小木屋参差错落，牛和羊悠闲地散落在山坳间。

"挪威的小木屋，"甄岭说，"是很多人向往的，它代表着一种极简主义。当年哲学家维特根斯坦，只身一人到挪威的斯克约顿，在山崖上，为自己建造了一处小木屋，背对群山，面朝溪流。天天在那里思考、写作。"

他们在小镇的一个小车站等火车，温度骤降，风和雨一起袭来。甄岭说："忍一忍啊，这里属于北极圈，气温变化大，上了火车就没问题了。"

真是冷得人瑟瑟发抖、嘴唇发紫。很奇怪的路线，鸣芝晓得是萧岚在推荐安排。甄岭心里其实也没谱，不知道下一站怎么走，他不停地给萧岚发微信。萧岚远在中国，却成为他俩的依靠和精神慰藉。

甄岭搂紧鸣芝，搓她的手，把热量传递给她，很久没有这样亲密的动作，鸣芝吃惊之余不免有些甜蜜。

有一对情侣，在雪山下荒僻的火车站大声朗诵着诗歌："到灯塔去，到小岛去，到世界尽头去／去爱，路上狂野的风／去爱，地平线上放肆的云／去爱，滑落苍穹痛哭的星光／去爱，极致远方疲倦的篝火／去爱，自己／去爱，蜕变／去爱，回家的路……"

风中他们的声音在颤抖，但充满力量和激情，朗诵完毕，他们旁若无人地深深拥吻着。鸣芝内心有很大一部分被击中了，大学时候的她，不也向往这样的感情吗？

终于，火车来了，各种肤色的人扛着行囊有秩序地上车。

转眼是一片冰天雪地，火车把他们带向了酷寒、壮美的北极圈。

鸣芝看呆了，眼睛眨也不眨地瞅着窗外。茫茫冰原，她原来只是在电视上见过，没想到在现实中就这样相遇了。太阳耀眼的光芒照射着冰川，遥遥望去，气势磅礴。她陷入了沉默：世界如此浩大，人类却渺小如尘烟。

"哈灵山，雪山冰湖。"甄岭给她介绍。

"哈灵山。"她默默叨念了一遍。很奇怪，她已经全身心融入这一片雪山冰湖中，虽然只有短短半个小时的相遇，但前些日子纠缠她的红尘俗事，似乎全被雪山冰湖涤荡得没了一点痕迹。

甄岭说："你可能不相信，作曲家坂本龙一为了谱写曲子，特地来到北极圈，在冰山的边缘，牵着一根绳，将录音设备沉入冰川，听传来的汩汩水流声，他说'我正在垂钓声音啊'。"

鸣芝安静地回答："我当然相信啊！"

火车穿过冰原，进入了姹紫嫣红的花海。高山小火车换成了高铁，十四小时穿越四百六十公里路程，他们赏了四季美景，冰原、森林、湖泊、峡湾、高山……这一段路程不愧为挪威缩影。鸣芝暗暗佩服起萧岚，高手！行走世界的高手，把最经典的路线推荐给了他们！

有阳光的夜晚继续着，鸣芝不再那么烦躁。相反，明亮的夜晚把生活的精彩尽情拉长，当他们到达奥斯陆的时候，是深夜十二点，可明晃晃的天色让他们一点也没有初来乍到的惶恐。他们拖着行李箱，跟着谷歌地图，优哉游哉地找预订的酒店。

大街上行人很少，他们都进入了梦乡，而太阳高悬，像在童话世界里一样奇特。

深夜十二点，国内应该是早晨六点。鸣芝不知怎么想到了萧岚，她一定起床了，洒扫庭院，做早餐，她淡定娴雅，把什么事都安排得井井有条。鸣芝很想给萧岚发条微信，说什么呢？其实话到嘴边，她也很心怯，那就发最简单的两个字："谢谢！"

几天以后，鸣芝惊讶地发现，漆黑的夜在窗口窥视着她，而星星在闪烁。

当地人告诉她这是三个月里的第一个黑夜，第一颗星星！

她被震撼了，那是大自然的呼唤。

黑夜，在黑夜里，她踏踏实实地拥抱着黑夜。那一夜鸣芝睡得特别安稳，睡梦中她高呼着甄岭的名字，仿佛和他的初识之夜。

卷五

归去来

1

芹菱开着机帆船，向湖中心驶去，湖面飞过几只白鹭。

芹菱疑心那是她的幻觉。白鹭真的回来了，她侧偏着头，视线追随着它们——应该还是去年那几只白鹭。它们不理睬她，兀然向湖那头俯冲。

十年前的五月，芹菱跑步，有晨风。她的碎花裙子飘起来，她想她可能是跟丈夫怄气才跑了出来，在闷罐子车上晃荡了整整四个小时，然后又坐上一条船。开船的人是一个哑巴，额头上有颗大黑痣。芹菱的手往前一戳，哑巴看着她，疑惑地比画了一番，芹菱很肯定地点头。哗哗哗，水声盈耳，水裹着水，机帆船突突突突，浩荡的太湖水域，就他们一条船在前进。

远处小岛越来越近，迁山岛——概念里遥远而真实的地名出现了！芹菱查过有关资料，几千年前，这是一座移动的岛，直到有一天，岛累了，找到了栖息地，才安定下来。

岛上橘子花满山坡，小小的、淘气的白色，裹着土黄花蕊。芹菱贪婪地嗅着香气，真是奇怪啊，一不小心，自己竟坠入了陶渊明笔下的桃花源。

她想了好几个晚上。她要和丈夫摊牌，想在迁山岛买两亩地，然后养羊，养一百只羊，让羊儿们漫山遍野吃草。羊像画布上的精灵，这儿三只，那儿五只，她只要轻轻吹一下口哨，羊儿们就乖乖地回到她院子。

"这不是毫无现实感的痴想，我不怕干活，我也不怕孤独，我就想一个人过自己的舒坦日子，有自己的精神世界。"芹菱默默对自己说，"丈夫如果要反对，那随便他！他反正也奈何不了。"

芹菱一向我行我素，自女儿读高中寄宿以后，自由度更大了。当年没有考上大学是她最大的遗憾，可她爱读书的习惯一直没变，女儿必读的中外名著也成了她的枕边书。

"爱情对她来说，应该突然而来，光彩夺目，好像从天而降的暴风骤雨，横扫人生，震撼人心，像狂风扫落叶一般，把人的意志连根拔起，把心灵投入万丈深渊。"小说《包法利夫人》中的这句话被重重加注了下划线。芹菱深夜品读，内心波澜起伏。

她应该邂逅一段爱情，应该过绝对自由的生活。在自由的心境下，她或许还可以像福楼拜一样尽情写作。

　　高中时，芹菱一个偶然的机会听说了祖母的故事。一个来自北方的大家闺秀——金枝，却因为战乱等原因在南方扎根。当夜，芹菱失眠了，她想象她的祖母乘着大轮船，穿着高跟鞋，一摇一摆，跟着父辈来太湖边避难。南方燠热、潮湿，这是很要命的两点。北方人不爱待在南方，其中一个最主要的原因是：情感也仿佛变得湿答答起来，而情欲更是漫漶不清。谁能准确表达呢？在偏僻的古街，雨水顺着瓦当一滴一滴连缀下来。屋子里的男女眉眼里传递的是啁啾的鸟雀声。

　　芹菱昏昏欲睡，她想，金枝，她的祖母最后趁着月色逃离了。

　　她一直想把金枝的故事用小说的笔法写下来。祖母跟人跑了，这是家族丑事，不可外传。可父亲说当年祖母生病死了，坟墓在山上，要绕一个山头才能找到。

　　她想方设法去搜集祖母遗留下来的东西，譬如一张泛黄的照片，一只褪色的手镯。没有，什么也没有。父亲把祖母的痕迹抹得干干净净。也行，没有痕迹，那就想象吧。

　　　古旧的码头，在夕照下格外寥落。四棵榆树一字排开，知更鸟胡乱嘶鸣着。金枝的心随着日落不停地下坠，眼神里挂着湖水的迷蒙。那一年，金枝才十九岁，齐耳短发，白衣黑裙。当她的黑布鞋在石板街上轻轻巧巧向前挪移时，很多脑袋从门口探出，他们好奇地盯着这户从沈阳迁来避乱的大户人家。

2

岛上的空气洁净，水草的味道，石榴花的味道，枇杷树的味道。这里两年前才通上电。岛上看不见壮劳力，只有老人孩子。孩子到了一定年龄要读书，怎么办呢？于是租房在最邻近的镇上读书。岛上没有诊所，更别说医院。芹菱刚去的时候忍不住问："假如夜间突然得了急性阑尾炎怎么办啊？茫茫太湖水，去哪儿找就诊的地方？"

编百脚篓的老者坐在日光下，慢慢转过头，悠悠说道："迁山岛从不发生这种事情。"他神情笃定，肤色因日晒变得黝黑。——从不发生这种事情。他微笑着，用一种绝对又客观的口吻说话，让芹菱不得不相信这孤岛上生活着的人群固有的节奏感。

芹菱踩在满是鸡屎鸭屎的路上，白鹭鸟聚成一片，扑棱棱参差回旋。

两亩地，一百只羊。羊养在岛上，不会走丢。岛来回兜一圈一个多小时。在山坡上走累了，她就仰面躺下来，看天上的流云，打个小盹儿，无拘无束，一会儿又能量充沛。

祖母在她脑海里游走。

金枝似乎在梦游，潮湿的雾气里萦绕着古村落，在明月湾，树木都在安安静静休憩。可是，她左眼皮跳得厉害，心神不宁，她明白，这种不宁来自铺天盖地的陌生。一个月前，她还和一个男生在沈阳浑河吹箫，她看着他，满心欢喜，他的眼睛亮晶晶的，似乎要告诉她许多从未说过的心里话，他们约好，月半，再到浑河。可是在月半前夕，父亲、姨太太收拾了金银细软，带上她，连夜出城。半途中，父亲告诉乐金枝，我们要去江南苏州，路还长着呢。父亲又说，日本人已经炸毁了铁路，再不走恐怕来不及了。

芹菱找来木板、斧头、锯子，按照手绘的草图，开始在湖边盖小木屋，建设独属于自己的家园。她手臂结实，浑身充满了干劲，觉得自己比鲁滨逊要幸运得多，这儿不是荒岛，只要有需求，就有人愿意帮忙。哑巴阿达就是她朋友。

小木屋设计成两层，第二层专供她睡觉、写作、远眺。

鸡和鸭也各养了少许，散落在树林里，咕咕咕咕，嘎嘎嘎嘎，此起彼伏，芹菱听着内心安详极了。她拧开笔，准备将盘旋在脑海里的文字写下来。写吧，写吧，这种欲望太强烈了，她一直没有机会拥有自己的房间，现在有了，可以安静地坐在桌子前（虽然是简易的木板拼凑而成），不远处清澈的湖水荡漾，没有干扰，没有闲言碎语，只有轻柔的湖风吹过来，一切来得太好了，稿纸也准备得很充分，上岛之前她特地到文具用品店买了很多，格子信纸，一大摞好几本。

芹菱的写作犹如做梦，她把梦里的内容往稿纸上搬。她举起双臂的时候，万物在茁壮生长，花、草、芦苇以及灌木丛，还有一棵棵树。她垂下双臂握紧笔的时候，万物在屏息听她的呼吸。一个个字就像一粒粒籽，一行行播撒进土地。

许家老爷一看就不是个好东西。半个月后，他厚着脸皮来求亲。乐金枝斜着眼睛看他，哼，也不撒泡尿照照，什么人！许家老爷其实年纪不算大，三十八岁，只是扮相老，前妻不小心淹死在太湖里。他坐在红木雕花椅子上，看上去就像个纸糊的人散发着呆板的气息，但纸糊的人偏偏有着刀锋般凌厉的眼神，他无处不在搜索着金枝的身影。父亲到西山明月湾后，不缺啥，田地、老宅都购置了些，唯独缺些本土的权势威望。对于这门亲事，父亲没有正面回绝，也没有一口允诺，他犹豫的神色让金枝恨透了他。

芹菱清晨出门捞水草，夏风凉爽。机帆船突突向前开着，耙子向前耙着，一把拉上来，分量有十斤左右。这水草的味道，把芹菱的五脏六腑全部打开了。香！清凉凉的香味！她要把充满生命力的湖底水草专供自己养的鸭子。

3

只要远远地招手，哑巴阿达就会从芦苇荡中闪现，他开机帆船的样子还挺帅，一只手叉着腰，一只手按在机器上。整片太湖水踩在他脚下，船在太湖里激起浪花，留下一道道好看的弧线。

岛上种植着满山的碧螺春茶树，一到春天，岛对岸的村民纷纷搭船过来采摘，各有各的地盘，绝不会弄错。一双粗壮黝黑的大手深入锅底急速翻转，茶香随着温度的升高渐渐溢出。芹菱亲眼见证，她深呼吸，这是集天地精华的幽香啊！一定要轻嗅细品。

来岛上的陌生人很少，但不代表没有。阿达领着他们，从芹菱的小木屋门前走过，好像特意让芹菱审视下。有一回，走过一个油头粉面的男人，头发用发胶喷得一绺绺竖起来，尖头皮鞋花气十足。芹菱心里暗笑，做坏事的男人，一定是做了半辈子坏事的男人——果然，上海的贸易公司破产了，逃到迁山岛来躲债。躲了没几天，一拨儿追债的人乘着快艇到岛上，像拎山鸡一样把他捉了回去。

还有一回，来了一对"野鸳鸯"，芹菱眼睛一扫就晓得不是正常男女关系。男的大，女的小，再一打听，原来是一老板准备给小女朋友在岛上买一幢老房子翻新，专门供度假用。芹菱心想，会不会大老婆也乘着快艇到迁山岛，来一个震天动地的"狮吼功"。

芹菱的灵感说来就来，农活干累了，她就趴在桌上写作。

看门的老李听着收音机里的昆曲段子，脚有一搭没一搭打着拍子。金枝在东北只听过上年纪的人赞昆曲是怎样的凄婉唯美，哪想到在江南随处可听。她竖起耳朵，隐约捕捉到唱词，不禁一怔：

原来姹紫嫣红开遍，似这般都付与断井颓垣。
良辰美景奈何天，赏心乐事谁家院！
朝飞暮卷，云霞翠轩；雨丝风片，烟波画船——
锦屏人忒看得这韶光贱！
遍青山啼红了杜，
那荼蘼外烟丝醉软。牡丹虽好，他春归怎占的先；
闲凝眄，生生燕语明如剪，呖呖莺歌溜的圆。

这便是名闻遐迩的《牡丹亭》中的名唱段《游园惊梦》，金枝想到林黛玉也是听了这段而倍感凄恻。自然，伤感之外，她乐金枝不会随便听人摆布。

芹菱梦见自己一个人结结实实坐在山头上。一百只羊围着她转，她在唱歌，邓丽君的歌，甜蜜的相思味道；一个男人，穿着笔挺，读书人的腔调，他张开双臂，跟过去，离她那么近，她闻得见他身上的味道。她渴望和有思想的男人交流，一起聊个天荒地老。她醒了，气喘吁吁，缩成一团，她和他聊得太起劲了，都没有感知到暴风雨的到来。

暴风雨来得毫无征兆。起初还艳阳高照，不一会儿，电闪雷鸣，雨像子弹一样击打着芹菱，她满山坡大声喊阿达，企图得到他的帮助。可是，没用，雷声太响了，雨太大了，阿达根本听不见，芹菱养的羊一只只倒下，她心急如焚，号哭、捶胸、顿足，都于事无补。羊死了，死了大半，买羊时从银行贷的三万元全部打水漂了。

第二天，阿达把死了的羊一只只抱回来，一行一行，横在小木屋前的草地上。芹菱呜咽着，心想太惨了，好像海明威笔下的老爹，惨败之后仍拖着大鱼的骨架回来。

4

芹菱的丈夫来了，虎着脸，要拆了她的木屋，骂她是败家精。好端端的，来这样一个岛，把银行的贷款都搞没了，往后日子怎么过？

芹菱比他还横，抢过他手中的斧头，扔得远远的，说："你懂个屁！跟你没法交流——这钱我自己还上，谁说要靠你？你过你的，我过我的，碍着你什么了？"

丈夫一时口吃，说："那，那还不如离婚算了。"

"离就离，谁怕你这一套！"芹菱穿上胶鞋，钻进芦苇荡去捡鸭蛋。不一会儿，就收获整整一箩筐。近日这些鸭子们也喜欢上了散淡生活，一有空就往浅滩里去，浮水，吃水草，在芦苇丛中下蛋，东一个西一个。找它们时，这些小家伙灵光得很，不用转头看就知道主人来了，芹菱后来才知道鸭子有 360 度视域。

女儿已经考上了大专院校。女儿三年高中，芹菱养羊三年。现在羊死了，女儿不用她操心，各过各的——这不好得很？

丈夫气咻咻地回去了。三年中他来过两次。芹菱才不睬他，离婚就离婚，他嘴上喊，喊了十年也没有动静。芹菱心想，要是真离了婚才好呢，她可以天马行空地安排自己的生活。

她顺着小木屋的楼梯走上去，拧开笔，这支笔出水很快。

大雨，暴风雨。寨门的另一个墙角处堆满了柴草。金枝的湿衣服捂在身上难受得很，她四下瞧瞧，只有瓢泼大雨，不可能再来人了。她撩起黑裙，脱下袜子，又把衣衫向上推了一把，让穿堂风将内衣吹干。

金枝绝对没有料到柴草下面躺着个男人。他一骨碌爬起，一身草屑，硬硬的一张脸，血脉偾张，向金枝逼过来。金枝反应过来，转身想往雨里奔，可那男人已经把她按倒在草垛上。

那晚，芹菱莫名其妙在木桌上写了几段激情澎湃的文字。

没过多久，岛上来了个人，他登上她隐秘的半圆拱形竹筏码头。码头掩映在芦苇中，很少有人发现，她有时会脱了外衣躺在竹篾席子上吹湖风，侧耳听鸭子浮水的声音、芦苇窸窸窣窣被风吹动的声音，还有湖水拍打堤岸的声音……

她听到脚步声，警觉地坐起来。在简陋的小木屋的第一夜，"四脚蛇"钻进裤管，吓得她魂飞魄散。如今她有各种临场应付的经验，不怕。男人看见她，有些愕然，但随即笑了下，温和谦逊地说："对不起啊，我无意闯入，真是抱歉。"

芹菱笑了，她听他讲第二句话："这儿真是风水宝地啊，如果苏轼也来此处，恐怕会留诗文几首。"芹菱没接话，继续听他感慨："真是被遗忘的天堂，希望保持这样子，不要被商业气息污染。"

芹菱还是没说话，凭直觉她认为这是一个能和她精神交流的人。再细瞧，他长得清瘦，样貌不俗，似一个梦中人，在朝她走近。是的，骤雨来临之前，她居然打开了话匣子，和他促膝谈着，仿佛天上的两团白云紧挨着。露珠间刺猬闪现，抱着一个成熟的枇杷逃得无影无踪，野兔竖起耳朵，在灌木丛里跳跃。风刮得越来越急，这些预兆她怎么能如此粗心地掠过？她和他有话要说，怎么也说不完，福楼拜、勃朗特三姐妹、艾略特、海明威……

羊死了，大概死了六十只。她在神游，海阔天空，和这个男人有关，他在羊死后三个月又出现了。她好像也恢复了元气，长舒了一口气。她带领这个男人参观了她空荡荡的羊圈、充满氨水味的鸡舍鸭舍、飘溢着果香的枇杷树林、简陋的小木屋。木屋底层挂满了她收集来的各种和渔民生活有关的器物，木船、船桨、风帆、锚……她说将来要弄个博物馆，来纪念很多将要逝去的光阴。

木楼梯歪歪斜斜，很陡，男人一个趔趄，但还是稳住了脚步。他看见桌上有一叠稿纸，厚厚一沓，她下意识按住了稿纸，说："不好意思，随便涂写的。"

"你真是个生命力旺盛的女人！"男人站在她小木屋二层阳台上远眺，湖面烟波浩渺，看得见几个小点，那是渔船在行进。他们在阳台上继续聊，聊文学，聊生活，直到星星在天边闪烁。

5

　　萧岚回到同玄古镇，已是薄暮时分，游人散尽。评弹书院的老板司文育五年前病死了，一个字，癌，萧岚得知这消息时，不禁倒吸一口冷气，太突然，人生太无常！

　　古旧书店的陈家洛也两鬓发白，整日围着旧书转，书虫钻出来，在剥了红漆的桌椅上慢慢蠕动。同玄古镇成了影视城以后，游人穿着不伦不类的古装在街上招摇过市，给人东施效颦之感。幸好她和甄岭还保持一定联系，也不多，君子之交淡如水，偶尔微信里交流几句。

　　什么都在变化，还有什么能维持永恒？萧岚经常陷入茫然，儿子小翎还小，她牵着他的小手，心想，不如去太湖的岛上住一段时间。

　　太湖里岛很多，有五十多个，有的已经被开发，周末游客如过江之鲫。萧岚在电脑上搜索，她要去的岛，一定是一座孤岛，人不多，炊烟袅袅，有着纯自然的乡土气息。在那里，她只与山水对望，相看两不厌，让疲惫的心灵得到歇息，让红尘之事逐渐被淡忘。

　　鼠标移动着，页面一页页翻动着。找到了！太湖东南水域，有一个四面环水的湖心岛——迁山岛。岛上曾长期没有电，村民过着与世隔绝的生活。直到十年前通电，村民们才告别了煤油灯日子。

这个好！

萧岚选择了一个天朗气清的日子登岛。摆渡人阿达过来，他不说话，但好像什么都知道，拎着她的箱子，噌噌噌往前走。小翎兴奋得四处扑蝴蝶。这儿，各种颜色的野花开得正盛。

巷子里的狗懒洋洋地趴在青石板上打盹儿，一只黑，一只白，并不乱叫。鸡咕咕叫着，闲庭信步，在枇杷树下左看看西瞧瞧。萧岚背着古琴，眼前之景勾起了她儿时在潮州茶树下玩耍的记忆。这儿的碧螺春茶树低矮，一垄一垄。萧岚也喜欢在春夏之交，泡一壶碧螺春茶，嗅着这股清逸之气，顿觉心脾舒坦。

萧岚瞧见一个粗壮的妇女从枇杷树下钻出，手戴橡胶手套，搬一捆木料。女子额头很宽，脸晒得发红。

或许是萧岚的装束和背着的古琴吸引了女子的注意，她呵呵笑了声，问："妹妹，来住民宿？"

萧岚也温和地回礼："大姐，这迂山岛空气新鲜，过来住上几天。"

"是啊。你背上的可是乐器？"

萧岚笑道："是的。"

"看外形很像古琴。"

萧岚暗自吃惊，人不可貌相，这粗壮村妇竟然能识别出古琴！

"一曲《广陵散》，回响天地间。"女子感慨了一声。

萧岚想，高人，不自觉向她作了个揖，以表敬意。女子指了指不远处的小木屋说："妹妹啊，我叫芹菱，住在那儿，你安顿好了有空就来找我玩，我带你到山里头转转，去看那山上一千两百年前种的榉树。"

萧岚看几十棵枇杷树挂着饱满如玉的果实，一个个水灵灵的，问："都是你种植的？"

芹菱点点头，随手摘下几个，递给萧岚和小翎："尝尝。"

剥开黄色的果皮，品味香甜细腻的果肉。

"好吃！"小翎欢快地叫道。

"再来几个！"芹菱又摘了五六个递给萧岚。

萧岚连忙谢过。小岛并不大，远处看像一条横躺在水面上的大鲫鱼。她心想，来对了！真是来对了！遇到的芹菱分明就是个隐士，安顿好后她一定过去拜访。

绕过几间灰青色的老房子，不一会儿便到了住处。院子里开满蔷薇花、月季花、绣球花……花花绿绿，桂树下挂着一只鸟笼，里面的八哥伶牙俐齿，见有人进来，急忙张开嘴巴叫："客人来哉！客人来哉！"

萧岚和小翎对望，哈哈笑出声来，有趣！平素内向的小翎开心地绕着鸟笼叫了好几遍。

6

堤岸上白白的，特别干净。一片树荫，一阵凉风，一面湖水。

萧岚盘腿坐在一个老树桩上，古琴搁在腿上。刚刚下了一场小雨，雨落在小小的院子里，小院安静极了，连八哥也在笼中休憩。很快，雨停了，阳光出来。

萧岚拢了拢刘海，弹奏一曲《渔樵问答》吧，这孤岛，山之巍巍，水之洋洋，斧伐之丁丁，橹声之欸乃，确实都有了。不虚此行。手一挥，散音松沉旷远，泛音空灵缥缈，有一种清冷入仙之感。

中饭的菜肴全是本地菜，野竹笋、草鸡蛋、白虾，还有四叶草，据说这是太湖里独有的草，肥嫩鲜美。民宿的主人告诉萧岚，住在山那头小木屋的芹菱可不简单，一个女人，养过三年羊，养过三年螃蟹，好像是个写书的作家——写了什么书？不清楚。别看她粗声大气，有不少学问呢！

萧岚打完太极拳，趁小翎午睡的时候，就往芹菱木屋的方向转去。

木屋盖得简陋但很有艺术感，就地取材，随意装置。一条三十米长的木栈道通向湖边，道路两旁野花开得旺盛，尤其是一朵朵绛紫色的花，叫不上名，挺直腰杆在风中摇摆。芦苇荡浅滩里置放着一条小船，船扁而小，完全就是唐诗里的意境。鸭子在泥浆里欢腾，俯冲向这儿、折腾到那儿。

萧岚看见了芹菱，她正在树荫下的藤椅上歪着头打盹儿，脸黑红得像一种水果，熟透了。下巴圆厚，元气淋漓。旁边方桌上一杯碧螺春茶，香气萦绕。她轻微打着呼噜，呼噜声和茶叶香仿佛合着什么节拍，起伏高低有致。嗯，一段很不错的山野旋律。

是否过去打搅她呢？萧岚心想不如先沿着栈道到码头走走，码头临水，湖风扑面，打坐是最合适的。她轻移脚步，行至木码头处，盘腿闭目，端直脊背，双手结定印，放置在脐下。调整好气息，不想任何事情，很快，萧岚飘飘忽忽到了一个完全忘我的世界。

二十分钟后，等萧岚睁开眼，芹菱也醒了。

　　"十年前我找了很久，一心想找个世外桃源。后来我发现了这座孤岛，你晓得吗，几千年前，这是一座移动的岛，直到有一天，岛累了，找到栖息地了，才安定下来。"

　　"你真是个妙人，在码头上打坐，风姿绰约，身材那么好，神情那么淡定。真好！"

　　芹菱丝毫没有掩饰，说话直爽："你来了，我也多了一个说话的人，如果你不嫌弃，我们不妨多聊聊。"

　　"好呀！"

　　"来个十日谈？"

　　"十日谈？"很新鲜，萧岚笑了，女人之间的交流会更加不设防。

　　"我们可以坐在木屋二楼，看着夕阳来个十日谈，你还可以欣赏太湖落日的美妙！"

　　芹菱腰板厚实，说话明显带着当地人的口音："我来到这儿十年，把十年压缩成十天的日子谈一谈，平时找不到合适的人交流，你来了，我一看就是值得说话的人，只是不晓得你准备住多久？"

　　萧岚微微一笑："也许，正好待上十天，也许待上一百天，谁说得准呢？人生的事。"

　　"对呀！你还有个娃。娃娃在这儿，才是开心的呢，各种小动物、植物，一样一样认识，一样一样积累，和天地间的精灵对话，会更加灵光呢！"

萧岚觉得芹菱说的话很在理，小翎早熟忧郁，也许大自然是他最好的乐园。她刚刚参观了芹菱收集的各种渔具：斗笠，斜风细雨不须归；船桨，欸乃一声山水绿；缀满蜘蛛网的木船，身如不系之舟……眼睛每掠过一样，她的脑海里就跳出各种诗词。她还看见一样十分特别的东西，芹菱说那是百脚篓，放在太湖里专门逮鱼和虾，它的口子只进不出，鱼儿们一拥而入的时候，却不清楚这是条不归路……

"我讲你听，如果你愿意的话，你的人生故事也不妨说说，当然，不强求啦！另外——"芹菱神情露出祈求的样子，"每天能否听你弹奏一首古曲？让我这凡夫俗子也洗洗心。"

萧岚点点头。

7

那天傍晚，萧岚带着小翎到了芹菱的地盘。枇杷树下三四只羊悠闲地吃着草，小翎嘀咕着想分辨出究竟是山羊还是绵羊，芹菱笑了，弯下腰教他："山羊活泼，绵羊温顺。"

孩子跟着芹菱在芦苇丛边捡回几个蛋，很好奇，问："会不会是恐龙蛋呢？"话还没说完，就抓起蛋往树桩上敲，萧岚想阻拦都来不及，正想说他两句，芹菱摆摆手，说："敲得好啊，要保护好孩子探究大自然的好奇心。"

孩子玩累了，躺在藤椅上睡着了。她们也开始了第一回正式聊天。

芹菱说："我的第一本书是自费出版，也就是死了一百只羊以后。我那一百只羊真叫命苦啊！大多是在那次雷雨中死的，很不凑巧，那年冬天又突如其来下了一场大雪，羊棚被雪压塌，当场压死了几只孱弱的羊，还有的羊饿得咩咩叫，岛上的草几乎被吃尽。

"我瑟缩在木屋中，眼看三年的心血化为灰烬，但好像没有悲痛，更多的是激励。我手上的笔动得更快了，写吧，写吧，只有在格子纸上不断写作才能驱除我心中的郁闷。

"你知道吗？我在学生时代就特别痴迷写作，可是很倒霉，高考的时候因为数学发挥不利，和大学失之交臂。二十多年过去了，我的女儿也上大学了，我忽然意识到——我自由了，可以随心所欲干我喜欢干的事情，可以暂时离开他们，就像你现在一样，去一个想去的地方，没有人能干涉我，就像我的祖母金枝一样，任性，有主见，我知道她最后跑了，扔下丈夫和五个孩子，在那个时代她多有勇气啊！

"我以祖母金枝为原型来写作。你听这名字——金枝，金贵里带着霸气，谁敢这样起名字？她从沈阳跑到苏州，又从苏州跑得无影无踪……

"我的羊死了，白雪一片一片飘着，覆盖在羊身上，我没有哭。岛上一个刚认识不久的本地女子，以为我悲伤过度说不出话，主动掏出两万元钱借我，说把羊棚修缮一下，重新再来，不要紧的。我很感激，真是雪中送炭啊，多么善良的女子！放心，我不会轻易被打垮，我握着笔，没日没夜地写，二十万字的小说《乘着月色逃离》，终于写成了！

"我想得很透，人生的意义，对于我来说，就是用写作来表达内心的东西！我瞒着丈夫，银行里我还背负着贷款。

"我对借我钱的女子说，谢谢，你容我缓两年再还你！我计划好了，接下来我不养羊，改养螃蟹。太湖里养螃蟹，我研究很久了，能成，必成！

"两万元钱我砸在了书上，我心甘情愿。一千册书要运到岛上，机帆船被书压得差点侧翻到湖中。岛上爱看书的人极少，我当然不会随便送人，我将书置放在小木屋二楼，我不着急，等有缘人，哪怕只有我一个人翻阅这本书，我也觉得值！"

萧岚摩挲着这本小说，说实话，装帧很一般，但朴素的书往往以文字取胜，她可能是她第二个或第三个读者。《乘着月色逃离》，祖母金枝为什么逃离呢？

她不急于翻阅小说，却答应芹菱弹奏古曲。古琴十大名曲，她一天弹奏一首，和她的十日谈相呼应。第一天先弹奏《流水》。管平湖版的。她对芹菱说："管平湖演奏的《流水》作为中国音乐的灵魂与精髓，镌刻在美国'旅行者'号太空飞船的金唱片里，昼夜不息地回响在茫茫太空之中，寻找宇宙间的'知音'。"

萧岚端坐良久，挥手弹奏，曲子极尽烟波浩渺之势。幽涧之寒流，松间之细流，江海之平流，瀑布之飞流，都娓娓见于指下。

8

第二天，芹菱和萧岚坐在湖边垂杨柳树下聊天。这回她要与萧岚好好聊一下她的祖母金枝，她说："这个女人啊，我从来没有见过，但是她在我脑海里反复闪现，梦中也光顾过多次，成了一个绕不过去的人物。所以，我下定决心把她写出来！"

萧岚说："你祖母金枝，生命力旺盛，毫无疑问，你遗传了她这方面。"

她翻开书，眼神落在昨晚阅读的地方。

　　金枝的思绪被一夜的风雨牵拉，但她没有哭泣。她分辨着那个人的吻，灼热而狂野，她的手心按在他宽厚的背脊上，摸到了一颗豆大的黑痣。

　　金枝的心被那张硬硬的脸占据着，半个月过去了，她居然没有再碰上他。不过，金枝深信他就是村子里的人，她忽然回想起他身上还有股咸咸的湖水味，他的肱二头肌结实有力，一看就是长期干体力活的，霎时金枝明白了，他是个渔民。那个人的手仿佛又捏着她的胸，一寸一寸往前逼，她的嘴唇无力地嚅动着。

　　明月湾的早晨，山气氤氲。淡淡的雾气从湖面上蒸腾而出，这儿确实是适合人居住的好地方。父亲打了一圈太极拳，坐在藤椅上喝茶。金枝说，父亲，我想嫁人了。父亲以为她开玩笑，问，嫁给谁呀？金枝说，邓彬耿，邓家捕鱼的三小子。金枝说得有名有姓，做父亲的吓了一跳，问，金枝你别是犯浑吧？金枝嘻嘻一笑，我欢喜他，我都和他睡过了。父亲脸色煞白，火急火燎地问许家老爷邓彬耿到底是怎样一个人物。
许家老爷当然很气愤，牙齿缝里恨恨地挤出几个字：
呸！便宜了那穷小子！

萧岚暗自惊叹芹菱的语言表现力，精准有力量，和她
的人一样，不拖泥带水。她写得很大胆，尤其是祖母金枝
的心理活动。她继续往下翻页。

父亲黑着眼圈回来了，生意谈崩了。整个上海充
斥的是汽笛声和学生游行示威的声音，日本人一步一
步逼近上海，每个人的心里都很乱，毛毛躁躁的，谁
还会坐下来定心商讨生意场合上的事。父亲叫唤着姨
太太的名字，要她沏壶茶来解解乏，却左等右等不见
人影，父亲的心被高高悬置起来。他怒视着金枝，质
问：是你逼走她的？

金枝还是牙尖嘴利的样子，说：她有两条腿，难
道是我绑着她推着她走的不成？

金枝又说：她离不开男人，男人是她的天是她的
地。你对于她来说，老得失去了任何感觉。

父亲突如其来的举动让金枝措手不及，他的手和

脚不停颤抖，身子斜垮下去，脑袋磕在八仙桌上。金枝上前扶他，却扶不起来，她着急地喊看门的老李。老李闻讯过来，第一句话就是：怕是中风了！

父亲真的中风了。他眼神呆滞，瘫坐在藤椅上，头固执地朝一个方向扭着。金枝知道他是在望太湖，在看他的姨太太走的那个方向。

金枝和邓彬耿的婚礼还是正常进行了。现在金枝是一家之主，所有的事情她说了算。

芹菱头别过去咳嗽了下："我写到这儿的时候，明白生活并不像祖母金枝所想象的，她如愿以偿嫁人了，可是更糟心的事情在后头呢！

"邓彬耿这个男人，怎么说呢？性欲强烈，金枝接二连三地怀孕。受孕、呕吐、分娩、哺育，她陷入了接连不断的困境，六年里她生了五个孩子。邓彬耿不停地要她，尤其是经历孕期几个月的煎熬后，他的节奏更加频繁，毫无节制。金枝说，不能这样下去，该想想办法了。男人露出惊讶鄙夷的神色，似乎觉得金枝的意见有悖天理。男人和金枝的对话很少，一开始男人照旧外出捕鱼，后来，他也开始懒散了，家里不缺这点钱，几十亩田，十几间老宅，他有理由享受这种不愁吃穿的好日子。男人问金枝要了点钱，开始弄些小本生意，做些枇杷、杨梅、茶叶的买卖。"

9

祖母金枝的故事很长，一时半会儿聊不完，芹菱站起身，说："来，叫上小翎，我带你们娘儿俩转一下整个山头。"

小翎围着黑水缸眼睛一眨不眨，芹菱在缸里面养了两只兔子，一灰一白。小翎已经给它们取好了名字，也交上了朋友，一只叫灰抹布，一只叫白云朵。他扯了不少青草，正喂得起劲。

迁山岛并不大，绕着湖边走一圈大概也就一个小时。芹菱说："我们要上山，登高远望，看的景色才过瘾呢！"沿着山路，钻过枇杷树林，芹菱说："再过一个月，就是满山坡的杨梅啦！这岛上，物产丰富，水果四季不断。"

"好地方！"萧岚由衷赞美道。她觉得自己没有来错地方，才登岛两天，红尘中的疲惫已经忘却，什么也不去想，什么也影响不了她。

山路有些坡度，小翎明显体力不支，张开双臂想让萧岚抱。芹菱蹲下来说："来，不如让芹菱阿姨背一下你！你妈妈也不习惯山路。"

萧岚谢过芹菱，说："这不太好吧！"芹菱爽气地笑了："我经常扛一百斤的大米，做惯了，你身子骨小，自然觉得吃力。不碍事，来，小翎！"

小翎很听话地爬上芹菱的背。山路盘旋，金翅雀黄色的身影在绿荫间闪现，风儿悠悠，松树上翘起来的树皮被吹得微微颤动。芹菱说："你可能不会想到，这岛上还有旧石器时代的遗址。"

茶树园里有人在修剪树枝，他们抬头瞧见芹菱，朗声和她打招呼。芹菱说："我刚到岛上时孤孤单单，岛上的人特别善良，什么都帮我，他们以为我是逃难来的。有人送来鸡蛋、青菜，有人送来野竹笋。我盖木屋的工具、材料，也是他们前前后后送过来的。'撑着，挺过去！'我对自己说。这些岛民和我非亲非故，但都在竭力帮着我，我一定要撑下去！鼓足劲活下去！"

很快，到达了山顶，天空能见度很高，隐隐约约能瞧见远处另外的岛。湖水澄清，微波荡漾，似乎洗涤了一切。这种远离喧嚣的舒坦，让萧岚出神了好一阵。

"累了的话，咱们躺下来吧。"芹菱已经在山坡石径上躺下，她让小翎的头枕着她的肚子，"孩子，你也睡会儿，睡个十分钟，暖暖的阳光照着，一会儿你就能量充沛了。我放羊的时候，累了就歇，歇完再干！来，萧岚，这地面干干净净，体验一下，这感觉很爽哦。"

萧岚含笑坐下去，伸直腿，慢慢将身体躺在光滑的石面上。阳光从树林缝隙里射下来，细碎斑驳，射在她的头发上、眼睛上、衣服上。她闭上眼睛冥想，能感觉到阳光的质感，柔和亲切。短短十分钟，她神游，飘于山涧，飘于云朵，飘于湖水间，就像一朵云，完全放空。这样的体验前所未有，好极了！

当芹菱呼唤萧岚重新上路的时候，她站起身，衣服上没有一丝尘埃。小翎也高亢地冲锋在前，他发现了一只松鼠，兴奋地欢呼："看啊！它正跳跃着从这个枝头欢蹦到那个枝头。"芹菱撇着嘴笑："不稀奇啊，小松鼠是常客，和它打个招呼吧！说不定明天它还会来看你！"

芹菱吹着一种奇怪的口哨，哨声转个弯消失在密林深处，萧岚相信那是她和小动物们的暗号。她越发对芹菱崇拜起来，在这座貌似静止了的孤岛上，芹菱像个地母，孕育滋生着什么。

终于，萧岚见到了那棵一千两百年前种植的榉树。榉树的根部完全被掏空，而从它的右侧郁郁葱葱又长出了枝干。三个人围抱起来也不够。芹菱说："多像女人啊，掏空了自己，生命还不衰竭，不停地滋养、滋养。"萧岚想，一千两百年前，是唐朝吧，据说白居易来苏州做官时，就到了太湖，是他在孤岛上亲手种植的吗？她相信这样的缘分。

10

"我的祖母，言归正传——"芹菱露出孩子一样狡黠的笑容，"我得接着说，我想，你也希望听下去。"

　　那天夜里，金枝的父亲溘然长逝。临死前他把契据、首饰颤颤巍巍全都交给了金枝。他念叨着姨太太的名字永远地走了。金枝想整个世界是个骗局，父亲和姨太太将她骗到了江南一个偏僻的山村，却各自任性地离开了。现在，只剩她，孤零零地去忍受和坚持，最要命的是，在生活的空间里，她找不到一个真正能说话的人。

　　男人不知怎么回事竟迷恋上了赌。在赌桌上，男人的一条腿架在长板凳上，一条腿直立着，有人端上纸和笔。男人犹豫着，一群人哄笑，男人的脸变得酱紫，狠狠心把金枝的老宅和耕田全部写到纸上。

那是一个炎热的下午，太阳烘烤着青石板，金枝
从恹恹的午睡中刚刚惊醒，旁边的小四汗渍渍的，浑
身一股奶气并带点冲鼻的酸气。男人扑通一声跪在了
地上，抱住了金枝的双腿。男人的喉咙发出了叽里咕
噜的奇怪声音，金枝一句也没听清楚。她带着嫌恶，
说：你慢慢讲。

男人哭了，鼻涕眼泪一大堆，抱住金枝双腿的手
更是滑腻腻的。

金枝叹口气说："还有什么事能让天塌下来呢？"

男人还没来得及仔仔细细讲清缘由，许家的人已
经拥入了乐金枝家的院子，许家老爷油光水滑的头发
在阳光下飞舞着，他的眼光落在金枝耸起的胸脯上，
递给金枝她男人亲自画押的一张纸。

金枝的脸色煞白，不争气的男人向她磕头似捣蒜。
乱蝉的鸣叫击破了下午的宁静。金枝没有吵也没有闹，
她走进她的房间，取出了父亲亲手交给她的地契，几
张纸被她随手卷成一团，丢给了许家老爷。

萧岚皱皱眉，但没有说什么，金枝的命运发展到如此，
让人揪心又不甘。后面一定还会有转机，只是天色不早，

小翎趴在她腿上睡着了，今天她想弹一首《潇湘水云》，太湖水一碧万顷，和古琴艺术清微淡远的含蓄之美非常吻合。

芹菱说："她的命运会走向何处，谁知道呢？写到这里我也恐惧极了，一个女人较劲了半天，却是这样不堪，好像太不值得了！

"金枝遇到了一个无赖，一个彻头彻尾的无赖，可是人生没有回头路啊，这是她选择的！"

湖风吹过来，有一根弦松了，萧岚把琴弦调好。宫商角徵羽，信手弹，世间万千烦心事，大抵都会随着湖风涤荡开去。低弹轻拂间，云蒸霞蔚，湖边天空呈现瑰丽色彩，倒映在水中，上下相应，成了绝美的意境。

芹菱说："也许绝处真能逢生，我一直在揣测她的命运，为什么后面她会跑，一定是更有力量的东西在牵着她。"

11

萧岚在散步。

金枝也在散步。

萧岚似乎瞅见了金枝，她在暗处，金枝在明处。萧岚放慢脚步，看着金枝，那时候的金枝也才三十出头吧。

萧岚想，金枝心有不甘，这孤岛上一定还会发生什么。《乘着月色逃离》搁在枕头边，萧岚翻了几页就睡着了，清晨醒得早，她出去散步，她和金枝隔着湖水分别从两个方向走来。

灰蒙蒙的天，青石板、何首乌、成片的橘林、高耸的马头墙，江南错乱的枝影推拥着金枝轻走。金枝想把笾子移开，找一个竹篓给邓彬耿上山摘枇杷。她的手在破败的祠堂角落里晃动，忽然，她好像碰到了一个人的脸，吓得赶紧缩回去，拔腿想跑时，很戏剧化地想到了她与邓彬耿的初遇。跑什么呢？有什么好跑的呢？金枝豁然把笾子掀开，看到的是一张从来没有见过的明亮的面孔，一个陌生男人的面孔。他无可奈何地朝她笑笑，称呼她大嫂。

那一刹，金枝像患了失语症，呼吸急促，她蹲了下来，笾子被打翻了，她不知道会发生什么。

男人的手指摁在金枝的嘴唇上，说，大嫂，求你，千万不要告诉别人。男人的声音很有磁性，而且，要命的是他的话语里露出了东北口音，金枝怔怔的。男人又问，大嫂，是不是我吓怕你了？金枝看着他温文儒雅的脸，轻声问，你知道沈阳坤光女子师范吗？

男人的直觉很准，他碰上老乡了。他急急地说，知道，我就是沈阳人。

金枝很想哭一场，她无法阻住思乡的情绪。虽然她意识到，此时此地是多么不合时宜，可是，她还是没有抵挡住那种浪潮的袭击，她呜咽着，浑身颤抖。

男人一下子明白了她的那种孤苦，文绉绉地说了句：唉，天地者，万物之逆旅啊！

金枝抽抽噎噎，把男人的肩膀都哭湿了。男人只是拍她的背，没有一点轻佻之举。男人划洋火的时候，小拇指微微有点上翘。

男人说，我迷路了，都不知道哪儿是哪儿，也不清楚前方是岸还是水。

金枝说，是水，太湖水，望不到边的苍茫。

男人不叫她大嫂了，叫她金枝。男人说他叫王少卿，以前在南开大学读书。两人在月光下默默说着各自的往事，金枝觉得他们俩有着惊人的默契。他们靠近着。

金枝站了起来。夜色一片。她手脚麻木，开始几步走得趔趄，她要带他绕出这个山村。他们前后错开一步走，几乎没有说话。金枝隐隐作痛，她知道她和他所拥有的时间在一寸寸减少。他所走的每一个脚步都在金枝的身上累加，都击中，击中同一个地方。金枝不知道要送到哪里，天色在渐渐发白。

他转身了。金枝像得到最后的审判一样而惊慌。她无辜的委屈夺取了他的怜爱，他伸出了手臂，把金枝抱在怀里。金枝的身子一下子软了，呼吸像太湖水一样，带着梦一样的迷离感，在若有若无的瞬间覆盖住了金枝白皙的身体。男人像捧着一件瓷器，小心翼翼得有点过分了。

男人终于走了。金枝的指缝里还残留着他的味道，她的脸红了。可是，她也解释不清，她在心慌意乱中就是这样的。

萧岚挪不动脚步了，她早已在一个木桩上坐下。在爱情面前，女性大抵都会被击中。萧岚不愿意过多回想自己的往事，可是这些文字带着她灵魂出窍，曾经，她也心慌意乱过，小翎的出生让她猝不及防——

小翎一声一声呼唤着"妈妈"，猛然间，萧岚回到了现实。金枝在太湖的另一个岛上犹豫挣扎着。芹菱的文笔细腻形象，激荡着萧岚隐秘的内心。小翎的呼喊声一句高过一句：“妈妈——”“妈妈——”萧岚应着小翎的呼声，加快步伐回去。

<h2 style="text-align:center">12</h2>

萧岚不愿意多回想自己的过往。小翎是上苍赐给她的，和那个男人无关。夜幕降临时分，她坐在香樟树下的一把椅子上休息。已经有星星在眨眼，小翎蜷着，睡熟了。萧岚想起自己的落日之旅，在远方，她不停地走啊走，一个风琴师不断变音变调，“远远的浅吟低唱召唤我，带上我的牧羊杖就上路——”

她二十余岁的时候，小翎在她肚子里踢腾着，孩子在提醒她，和她休戚与共着。

萧岚喝了口茶，金枝在犹豫，是的，她最后的审判就在眼前。萧岚已经翻到书的最后一些章节：

金枝回到秦家祠堂，却意外地发现那里放着一件制服，一件国民党军官的制服。金枝慌忙将它埋了，制服上的肩章她却很小心地收藏起来。而那一夜，明月湾的人睡得特别沉，没有谁知道金枝在那晚的偶遇。她丈夫倒是整夜在等她，惊慌失措，她撒了谎，说：

我上山采桑叶，走着走着，迷路了。

金枝失魂落魄得让她的男人吃惊。她发呆，孩子哇哇大哭，她一点没有察觉，男人认为她是撞了鬼魂。活该。他阴阳怪气地笑她，嘴里抽着旱烟。金枝躺在床上翻一个身，脑子里尽是王少卿的影子。那团火在心底簇簇燃烧，她咬着嘴唇。想到后来，一跃而起，来到祠堂前。光照很微弱，杂草也有气无力的，金枝想着想着，捂着脸呜呜哭了，她不知道这个王少卿会不会回来找她。估计多半是不会了。可是，她却想他想得要发疯了，那夜她为什么不跟着他一走了之，离开眼前这下作的生活呢？

芹菱很坦诚地告诉萧岚："我的祖母金枝有一天终于狠下心来——跑了，永远离开了！至于是不是和王少卿跑了，这永远是个谜。"

古琴摆好，萧岚惆怅的内心有了释然，来一首《阳关三叠》吧，金枝，金枝，杨柳依依，历历苦辛，且行且珍重。她完全懂得了金枝的脚步。走，成了一种必须，她就借琴声来送别，在太湖畔，在金枝最熟悉的湖水边。

古曲缓和，依恋处山山水水都默然心许，无奈何啊，

无奈何啊，要走——就走吧——

湖畔的芦苇在点头，走吧——走吧——

小舟也驾好了，走吧——走吧——

送别，要饮酒饯别。芹菱摆放好了两瓶花雕，月色下，和她的祖母告别，她是最懂得祖母金枝的亲人。乘着月色逃离，金枝是在月色掩映下离开的，她才三十岁左右，意识到了生命中最重要的是去向问题。

一曲终了。萧岚也举杯遥祝，山高水长，金枝渐渐隐去。萧岚和芹菱各喝了几杯，油煎小鱼虾味道鲜美，炒鸭蛋金黄可口。不知不觉，已经第五天了，她们的话题连续谈了五天，真有些不可思议，萧岚感觉自从来到岛上，她忘记了时间，只是随着日升日落在生活。她喜欢这种随意，手机搁置在房间几天了，她根本用不着，也不想带在身边。澄澈的欢乐伴随着她，尤其是花雕入喉后，她身体越来越放松，像一片轻盈的叶子飞落，像一朵质朴的野花绽放于山谷。天地复归于混沌。这样的理想状态是她一直渴求的。

树影和夜色重叠，湖边却出奇地亮。天空也很亮。大朵大朵的云，蓬松的，凌乱的，飘忽不定，流动速度很快，仿佛舞台上纷纷亮相的丑角、旦角、小生和各种植物、动物。到最后，似乎有成千上万只羊，白茫茫一片在涌过来。

"天有奇观啊！"萧岚笑了。

13

"羊死了，我开始养螃蟹，又花了整整三年时间。"

话题绕回来了。

"我租了十几只网箱套养，蟹苗一箱一箱从吴江七都养殖点运回来。两万只蟹苗啊，一只一只蟹苗只有硬币大小，挨挨挤挤。这一次我看准了，太湖水清澈，水草营养丰富，螃蟹在无边无际的太湖里畅游绝对养得好。没错，我又向银行贷款了，前面的债务好不容易还清，我咬咬牙，心想，老天爷会把好运给我的，不会一直霉下去。

"你信吗？三年太湖大闸蟹养殖，我打了个漂亮的翻身仗！连我丈夫都很吃惊。我很执拗，看准了的事情一定会去做，谁也挡不住！我起早贪黑，捞水草，投饵料，早上醒来，被毛巾上的蜈蚣刺脸，差点疼死。晚上起来小便时，看见蛇在地上游来游去。这些小麻烦我都挺过去了。

"也有气人的时候，有一批蟹苗，等我养成了成品蟹，竟被人神不知鬼不觉地偷走了——价值十多万啊！有凭有据，我报告渔管会，他们不管这事。报了派出所，至今没有下文。

"熬啊，坚持啊！没有什么能击溃我！海明威笔下的老人，说过这样一句话：人可以被毁灭，但不能被打败。我就用它来激励自己。

"等到收获的季节，我听着螃蟹窸窸窣窣在网兜里爬来爬去，兴奋得像听小夜曲。菊黄蟹肥，这是迁山岛最美的季节。橘子挂满了枝头，像一只只小灯笼，漫山遍野都是。你知道吗，张艺谋的电影《摇啊摇，摇到外婆桥》就是到这里来取的景。

"他们好像意识到了，纯天然的是最美的。没有污染，没有喧嚣，静静的湖面白鹭飞过，疲惫的心得到最好的休憩。渐渐地，来岛上的人增多。逃避三角债的，'野鸳鸯'来过逍遥日子的，喜欢摄影搞些小文艺的……还有，看中这风水宝地想来做民宿的，各色人等都有。来来去去，去去来来，摆渡人阿达不知带了多少人上岛。他们在岛上转悠了一阵，又悄无声息地走了。岛上太安静，安静得使人发疯——他们吃不消，这儿没有 KTV，也没有电影院，夜市烧烤更不用说了。晚上九点左右，岛上黑魆魆一片，只听见蛐蛐一声长一声短地叫，该睡觉啦，该睡觉啦！这里遵循的还是日出而作、日落而息的生活规则。

"啊，不瞒你说，我遇见过一个人——一个独特的人。"

芹菱停顿下来，她喝了口水。萧岚没有插话，任凭芹菱一个人在诉说。她会照顾萧岚的节奏，不时转过头来示意，或者稍作停留，再继续游走在往事的回忆中。萧岚喜欢她这样的表述，旁若无人，真实坦率。她的面部表情也是丰富生动的，还配有手势，手势也很果决。

唯独说到那个人的时候，她的气息绵软下来，脸上升腾起了红晕。

"那个人，是不是就像金枝后来遇到的，和你有惊人的默契的那个？"

萧岚相当聪明，联想到了芹菱书中的文段。

"高度相似。"芹菱毫不避讳。

"我们坐在半圆拱形的竹筏码头上聊，在我的小木屋聊，站在山顶上聊，从来没有一个人像他这样和我说话，我不腻烦。我们有怎么也说不完的话题，福楼拜、勃朗特三姐妹、艾略特、海明威……他博学、儒雅，清瘦、样貌不俗，我不晓得他是干什么的，这都无关紧要了。他称得上是我的精神导师，好像专门为我而来。那时我才明白，女人的世界可以这样明朗和广阔。

"他发现了我的手稿，我赶紧按住，不想在他面前暴露得太彻底，死死撑住台面。"

14

第九天。萧岚带着小翎在湖边散步，天气预报说这几天台风登陆，这次台风名字叫"艾尔莎"，一个女性化的名字，可千万别被它蒙蔽了。极端天气，会带来极大的破坏，强降雨，山洪灾害，交通受损。岛上的喇叭反复宣讲着台风消息，要求各级各部门严阵以待，该停工的停工。一定要高度重视。

天上的云朵变化更加光怪陆离，十分钟前还是红彤彤的火烧云，后面就变成大片玫瑰色包裹着绛紫，接着喷涌而出深蓝，几乎和湖水的颜色融为一体。萧岚坐在树下看云，她想金枝离开孤岛的当天，天空的颜色一定也很诡异。

萧岚想，无论如何，我不会离开小翎。

湖上的风浪明显大起来了，摆渡停运。风迅疾地刮着，湖边柳树被吹得晕头转向完全没了造型。

萧岚回到室内，小翎困了，睡了半个小时醒来，安静地折着茶巾，脑门上还留着枕席印子。萧岚觉察到了孩子内心的柔弱，她走过去抱了他好一会儿。

金枝，她去了哪儿？毫无疑问，金枝搭着船，上了火车，尽管台风很大，交通受到限制，但她仍拎着箱子，不顾一切，好不容易到了苏州，然后到上海，从上海到青岛，再转沈阳，就快了，快了……萧岚完全能感受到金枝近乡情更怯的复杂情感。她逃离了人生的种种羁绊，终于回到故乡，不容易啊。

小翎问："妈妈，外面的风怎么像怪兽在叫？"

萧岚笑了："是一只叫'艾尔莎'的怪兽，不怕，有妈妈在。"

小翎静静地趴在母亲肩头，小手抚弄着母亲的耳垂。萧岚听到他身体里的小心脏扑腾扑腾的跳动声，下意识搂得更紧了些。

"艾尔莎"台风一路狂奔，摧枯拉朽，从东南沿海席卷而来。天阴沉沉的，整个被黑云笼罩，很快，骤雨劈头盖脸而下。萧岚关闭好窗户，听着雨点子狠狠砸在窗玻璃上。太湖中已掀起了滔天巨浪，狂风如同一个怪兽，嘶吼着，呜咽着……好像什么东西被打碎了，什么东西又被撕裂了。

萧岚轻轻安慰小翎说："有妈妈在，这个怪兽再可怕也发不出威力来，它是假装强大。"

那晚母子俩依偎着睡着了。

醒来，阳光普照，台风消失了，岛上却是一片狼藉，到处都是台风肆虐后的痕迹。损失最惨重的是南山坡的杨梅树，三分之一的树冠被吹断，断枝残叶横在路上，原本再过二十天就是收获季，现在化为乌有，岛民们欲哭无泪的神情真让萧岚觉得难受。

芹菱呢？萧岚心想，她的小木屋最靠近太湖，不会有什么意外吧？

急匆匆往湖边走，萧岚发现半圆拱形的竹筏码头被掀翻了。芹菱隐秘的精神之地，如今横七竖八成了一个乱草棚，鸭子钻进来东一只西一只地卧趴着休息，经过一夜的风吹雨打，这些小家伙也吓坏了。

令萧岚惊愕的是，小木屋也面目全非。屋顶没了，侧面的木板也断裂了，骤雨把芹菱的几百本书泡成纸浆，金枝的面容也渐渐模糊，消融在纸浆中，真正告别了这座孤岛。是啊，金枝好不容易回到了故乡沈阳，从此和这个孤岛的牵连越来越微弱。

芹菱人呢？

萧岚想，她不会就此气馁的，不会的，谁也没有她这番旺盛的生命力，没有什么能够把她击垮，但毕竟也五十多岁的人了，就怕一时扛不住。萧岚一边走一边担忧起芹菱。

哑巴阿达也来了，几个人分头找芹菱。南山坡、北山坡、山顶那一千两百年的榉树下……找了个遍，都没发现芹菱，萧岚心里空落落的，越来越慌。阿达好像想起了什么，拍着脑袋，手指向一个方向，萧岚就跟着他，不停往前走。果然，走到迁山岛最偏僻的芦苇滩涂，萧岚发现了一个壮实的人影。她穿着胶鞋站在那里，一动不动像尊雕塑，看着远处瑰丽的天空。

"芹菱！"萧岚大声喊着，似乎再不发声，芹菱便会从这个世界消失。

15

芹菱决心再开一回机帆船，带着萧岚和小翎在湖边兜圈子，她说："放心啊，我的开船技术一流，穿好救生衣，咱们就在我的湖湾里找乐子！"

萧岚不会游泳，颇为踌躇："算了吧！你开船，我们在岸上看，一样感受。"

芹菱说："我放了虾篓，不出意外的话，应该能收获满满一篓子虾，中午煮给你们吃。"

萧岚惆怅起来："明天我得带着小翎回去了，他爸爸从澳大利亚回来，想和他见一面，我总不能拒绝。"

萧岚很少主动提到孩子父亲，仿佛孩子从来就是她一个人的。

"那好啊！红尘俗世总要面对，回了再来！来了再回！迁山岛总在这儿等你！"芹菱快人快语，一点也不纠结，她提醒萧岚："岛上十日，胜过人间十年！快去快回。"

果然，十日谈。

萧岚笑了，也不避讳，直截了当地问芹菱："你和你的那位精神相通的导师怎样了？"

芹菱脸上闪过一片绯红色，眼睛里跳跃着光芒："我们很好啊，我嘱咐他，好好活着，有所期待地活着！"

萧岚继续问道："他现在多大年纪？"

"六十八，前不久刚动了肠胃手术。切除了一半胃，不碍事，照样可以健健康康活着！"

"是的。"萧岚低声答道。她继续问："昨晚那么大的台风，你躲在哪里？"

芹菱说："我没躲，我就在小木屋，我目睹狂风刮走屋顶的木板，看那瓢泼大雨从天而降。一箱箱书，就这样接受狂风暴雨的侵袭，起初我还有种心疼的感觉——难道又出了什么幺蛾子——老天爷这样来戏弄我？

"雨水浇湿了我全身，我反而通透了，嘘——你知道吗？骤雨中我好像看到了祖母金枝，她还是刚来岛上的模样，齐耳短发，白衣黑裙，轻盈灵动，就像你给我的感觉一样。她拉着我的手说：'芹菱，人生什么都不重要，忘不掉的可能还是故乡啊！你从小出生在这里，是地地道道的渔民的孩子，那就守着这片湖、这个岛，这样，你的心会特别舒服！'

"祖母金枝回到她的故乡，我也特别心安，各人有各人的来处和去处，只要用心体验，也不枉来这世上一遭了！说实话，我这个小说也完成了它的使命，这次被淋成纸浆，天意！还有什么遗憾呢？"

"嗯。"萧岚接了声。机帆船发动起来了，水花四溅。

小翎试探性地问萧岚："我能跟着芹菱阿姨一起玩吗？"

"来吧！"芹菱招手，"放手让孩子感受下，漫漫人生，你总不能一直牵着他的手吧？"

萧岚思忖了一会儿，放手让小翎过去。机帆船在湖里甩了下尾巴，突突突直接向湖心驶去，很快成了一个小黑点，渐渐消逝在她的视野里。